SANTA ANA PUBLIC LIBRARY
D0758943

Mamá

Jorge Fernández Díaz

Mamá

ALFAGUARA

Papel certificado por el Forest Stewardship Council®

Primera edición: enero de 2019
Segunda reimpresión: febrero de 2019

Printed in Spain – Impreso en España

ISBN: 978-84-204-3198-7
Depósito legal: B-25866-2018

Impreso en Unigraf, Móstoles (Madrid)

A L 3 1 9 8 7

Penguin
Random House
Grupo Editorial

Para Marcial, mi héroe.
Y para todos los «argeñoles»,
esa extraña raza de mártires.

Para Oscar Conde, el escritor
que me enseñó el camino.
Y para las dos Anas,
protagonistas invisibles de esta historia.

El argumento era verídico, y todos los personajes eran reales. No era difícil recordarlo todo, pues no había inventado nada.

TRUMAN CAPOTE

1. Mimí

Y así seguimos, luchando como barcos contra la corriente, atraídos incesantemente hacia el pasado.

FRANCIS SCOTT FITZGERALD

Mi madre ya no llora con esas cartas. Pero no acierta a recordar cuándo ni dónde las guardó, ni por qué será que prácticamente las da por perdidas. Son las cartas de Mimí. Y vienen de Ingeniero Lartigue, una aldea de treinta casas y cien labriegos que alguien olvidó en Asturias, muy cerca y muy lejos de León, en un monte escarpado y silencioso que era zona de hambruna en la posguerra.

La hermana del padre de Mimí había probado suerte en la tierra prometida. Se llamaba Herminia, vivía en la Argentina de Perón, y aconsejaba con vehemencia que sus sobrinos cruzaran el Atlántico y se hicieran la América. Mimí y Jesús fueron elegidos entre siete, con amor y pragmatismo, como una valiente avanzada familiar y como una suerte de último salvataje de la miseria. En 1948 abordaron un buque de bandera incierta y veinte días después desembarcaron en una prosperidad de cartón: Herminia no podía tener hijos y no trabajaba, y su marido era un motorman de tranvía. Los cuatro vivieron veinte años en una sola pieza de cinco por cinco, al final del patio de un inquilinato de Palermo pobre.

Jesús era bajo y morrudo, y se dedicó con ahínco a la gastronomía. Mimí era una chica delicada, casi bella, y fue hija, mucama y enfermera de sus tíos, y costurera de Sporteco, un taller de trajes de hombre que quedaba en Santa Fe y Bonpland. Se entraba a las seis de la mañana, sonaba un timbre y el patrón, un caballero atemorizante, no perdonaba un minuto de tardanza, vigilaba desde un gran mostrador cada murmullo y mandaba a la capataza al baño cuando alguna empleada demoraba la producción. Mimí cosía en el área de los sacos y mi madre en el sector de los pantalones. Se conocieron a la salida y descubrieron que tenían muchas cosas en común. Las dos eran jóvenes, solteras, españolas y sirvientas de sus tíos. Sospechaban ya que sus familias no terminarían de cruzar el mar, que ellas quedarían atrapadas al otro lado del abismo, que la puerta se había cerrado y que el destino estaba jugado y perdido. Se hicieron íntimas amigas. Se confesaron desgarros e ilusiones. Se conjuraron una y otra vez para olvidar lo que no podía olvidarse y para salir de la melancolía. Compraron con gran esfuerzo vestidos y zapatos nuevos, y bailaron pasodobles y valsecitos en el Cangas de Narcea.

En esos salones nostálgicos mi madre conoció a mi padre, y Mimí tuvo algunos tibios pretendientes. Fue mi madrina cantada: hay una foto gris y desvaída donde ella me tiene en brazos, envuelto en una blanca mantilla y con la iglesia del

Rosario a sus espaldas. Ya para entonces Sporteco había quebrado, el motorman había muerto de un síncope, Herminia se había ajado y Jesús hacía buen dinero en un café de Diagonal Norte. Eran muy ahorrativos, y cuando se vendió la parte, los hermanos abandonaron el inquilinato, levantaron cabeza y compraron dos departamentos. Uno pequeño, en la desgastada esquina de Guatemala y Arévalo, adonde Jesús se mudó con la tía. Y otro viejo y amplio, sobre una farmacia en la avenida Rivadavia, a doscientos metros de Plaza Miserere.

Allí Mimí regenteaba un «hotel de mujeres»: habitaciones consecutivas, con baño y cocina al fondo, trabajadoras pobres y decentes, y sobre todo putas. Siempre caía la policía y había algún escándalo. A veces, en mitad de la noche fría, una chica que levantaba puntos en el Once venía escapando del patrullero y, desesperada, se colgaba del timbre. Mimí bajaba entonces en bata y camisón las empinadas escaleras, la metía para adentro de un empujón y les hacía frente a los canas con una palabra, un grito o un billete. Recuerdo a aquellas meretrices de entrecasa, cuando yo no tenía más de ocho años: pasaban en batón, chancletas y ruleros, pintadas como una puerta, con rouge furioso y un cigarrito en los labios, una lima de uñas rojas y las piernas desnudas. Yo, por supuesto, no sabía que eran prostitutas. Hablaban, miraban, se movían y se reían de una manera diferente a mamá y a Mimí, que eran las dos mujeres de mi vida. Pero yo era un niño y adjudicaba esas diferencias a la nacionalidad: las argentinas eran alegres, las españolas sufridas.

Jesús administraba el negocio, pero dormía en Palermo. Mimí se hizo dura manteniendo a raya a las díscolas y lidiando con vigilantes y proxenetas. Tuvo un novio que había nacido en Galicia, pero Jesús y Herminia se apuraron y lo asustaron con una intimación. *¿Qué intenciones tiene, cuándo pone fecha?* El gallego intuyó la celada y echó a correr. Y Mimí se quedó para vestir santos y cuidar putas.

En todo ese tiempo fueron convirtiendo el gran dolor en una simple herida. La herida en una lesión. La lesión en una puntada. Y la puntada en un recuerdo folklórico que sólo dolía en días de humedad. Las cartas les decían que su familia española mejoraba y que había prosperidad donde antes crecía la mishiadura. Pero ya parecía demasiado tarde para irse y también para quedarse, y pasaron décadas en ese limbo donde fueron despojándose de lo que alguna vez habían sido y arropándose con lo que debían forzosamente ser.

El día menos pensado se dieron cuenta de que eran argentinos.

Luego de rutinas y soledades, la tía Herminia se fue apagando hasta morir, Mimí y Jesús se hicieron viejos, se jubilaron, vendieron el hotel y pusieron el dinero a plazo fijo. Vivían en Palermo como aquel asexuado y marchito matrimonio de hermanos que Cortázar imaginó en «Casa tomada», y yo los veía pasear del brazo por la calle, extrañamente lejanos.

Las devaluaciones, la hiperinflación y las bromas pesadas de Menem licuaron sus ahorros. Y al final, después de aportar cuarenta y cinco años al Estado, cada uno ganaba ciento cincuenta pesos. Mimí, entrenada en privaciones, hacía piruetas en la cocina para que no se murieran de hambre. Jesús se hizo amigo de Norma Plá y militante de la causa imposible de los jubilados argentinos. Iba todos los miércoles al centro, a putearse con la policía y los diputados, y cuando Norma se murió tomó la bandera y siguió luchando contra la nada, mientras los otros militantes se iban muriendo de vejez, de frío y de impotencia.

Es un misterio cuándo se malogra una vida. La realidad es un laberinto, y cualquiera de nosotros puede distraerse, tomar el camino equivocado y perderse para siempre. Los hermanos huían de las penurias y se habían exiliado en «la París latinoamericana», pero habían empezado en un inquilinato y habían terminado en la inanición. En el medio de esas paradojas, se habían perdido la juventud, la posibilidad del amor y los ímpetus de la dicha. Su familia española les ofrecía regresar a Ingeniero Lartigue. Era un ofrecimiento generoso pero desgarrador. Había que volver a desarraigarse y a abandonar lo que alguna vez habían perdido y recuperado: la identidad nacional.

Desangelados, vencidos y empobrecidos, se sentían muertos en vida.

Por un raro malentendido, por un supuesto desaire, por una invitación a una fiesta que nunca llegó o por alguna pavada de menor cuantía, Mimí y Jesús habían dejado de hablarse con mamá. Cuando venían por la calle y la veían, cruzaban de vereda. Pero una tarde se chocaron con ella en una esquina, y Jesús le dijo, con ojos húmedos: *Carmina, nos tenemos que volver.* La llamó «Carmina» porque mamá se llama Carmen, y volvieron a frecuentarse y a intercambiar pesadumbres.

Pusieron aquel departamento venido a menos en venta y luego de unas semanas lograron venderlo. Pero no se atrevían a realizar los trámites finales, y Carmen tuvo que acompañarlos al consulado, a la oficina laboral de la Embajada y a sacar los pasajes. Mimí estaba entera, Jesús quebrado. Después de cincuenta y dos años, tenían que despegarse de las cosas ciertas y desandar el camino. A Jesús lo aterrorizaba imaginar cómo los recibirían luego de tanto tiempo y qué sería de ellos lejos de casa.

El día señalado, mi madre pidió un remise y pasó a buscarlos. El departamento estaba lleno de amigos que lloraban y reían. *Tengo cierta esperanza,* le dijo Mimí tomando aire. Se le atragantaban las palabras. Por los nervios, por la torpeza del momento, o simplemente porque la cartera donde llevaba los remedios era más vieja que ella misma, rompió el cierre y todo se le desparramó sobre la cama a minutos de tener que partir. Carmen corrió hasta su casa, buscó su mejor cartera del placard y volvió a tiempo para regalársela. Cuando salieron a la calle, los vecinos los abrazaban y aplaudían. Camino a Ezeiza sólo intercambiaban monosílabos: los tres iban muertos de miedo.

La despedida en Ezeiza fue breve pero dolorosa. Se iban con mucho menos de lo que habían traído. El último recuerdo de mi madre es patético: Jesús y Mimí, tomados del brazo, el llanto a cuestas, llevados para siempre hacia ningún lado por la escalera mecánica del preembarque.

Mi madre regresó a Palermo, y pensó en Sporteco y en los bailes del Cangas de Narcea, y a mi padre lo enfureció verla llorar por esas cosas.

A los ocho días, el matrimonio de hermanos se había divorciado. Mimí vivía con los varones, y Jesús en otra casa del mismo pueblo con la hermana y los sobrinos.

Se encontraban por la tarde como viejos novios, y canjeaban los pesares de la segunda morriña. Las primeras cartas que Mimí le escribía a Carmen eran condescendientes. El pueblo estaba muy cambiado y los impresionaba positivamente: las casas eran nuevas y hasta había automóviles. Al parecer, no quedaban jóvenes, pero los viejos vivían con holgura del ganado, de las rentas, de la agricultura y sobre todo de las voluminosas pensiones españolas. Los habían recibido muy bien, aunque eran dos ancianos desconocidos y seguramente mañosos, dos bichos de ciudad devueltos al monte.

En octubre, sin embargo, Mimí se atrevió a escribir la verdad. Seguía nevando y, desde su llegada, jamás había sentido el cuerpo caliente. La casa de sus hermanos no carecía del mayor confort europeo, y ella andaba de aquí para allá lavando, planchando y cocinando todo el santo día, pero sentía un frío sobrenatural metido en los huesos. *Tengo setenta y dos años y no aguanto los pies fríos. Quiero estar en mi casa. Aquí todos se cagan en Dios.* Dos semanas más tarde, narraba una vigilia: *Anoche parió una vaca. Yo estaba arriba, en la casa, terminando de acostarme, con los pies congelados, y escuchaba a mis hermanos que blasfemaban a la Virgen María y que pedían a los gritos un veterinario. Si no me voy de acá me muero en pocas semanas. Me muero de pena, Carmina.*

La posdata era piadosa e inquietante: *Te pido que si me escribís no pongas nada de todo esto. Mi hermana me lee las cartas.*

En otros textos decía que sus hermanos eran nobles y desprendidos, pero reafirmaba la convicción de que ella se iba a morir rápido. Carmen, angustiada por esas líneas, se abocó a un laborioso y muy peleado trámite con la burocracia social, sabiendo ahora que se trataba de una cuestión de vida o muerte. La nieve, como había llegado, se fue; un abogado asturiano les consiguió el documento español, y a los pocos meses se hizo la luz: la jugosa jubilación española sepultó a la mezquina jubilación nacional, y los viejos hermanos alquilaron un departamento amueblado en Belmonte de Miranda, un municipio de dos mil almas que ellos llaman inútilmente «nuestra pequeña Buenos Aires».

El Estado español nos garantiza los remedios gratis de por vida, y cuando nos pagaron el retroactivo de un año, unas seiscientas mil pesetas, creímos tocar el cielo con las manos. Jesús está haciendo algunos amigos, ya no tengo los pies fríos, Carmina. Pero no podemos sacarnos de la cabeza el barrio, las calles, los sonidos. Nunca vamos a poder sacarnos de adentro ese sentimiento. Nunca vamos a poder.

Mi madre, por suerte, ya no llora con esas cartas. Pero no acierta a recordar cuándo ni en qué cajón las guardó, ni por qué las da prácticamente por perdidas.

2. Mamá

Los buenos novelistas son mucho más raros que los buenos hijos.

OSCAR WILDE

La asaltaba el llanto en todo momento y por cualquier cosa. Pero ella no daba importancia a los síntomas y seguía entretenida en problemas ajenos. Mi mujer, médica al fin, le dijo que posiblemente se tratara de una depresión, y le explicó con mucho cuidado que era trabajo para la psiquiatría. Todavía no sé cómo logró convencerla. Mamá, superando todos sus prejuicios, permitió que le hicieran una evaluación psicológica y luego que le destinaran a una profesional de mediana edad, a quien le fue relatando semana a semana su pequeña historia.

Le recetaron una pastilla milagrosa, que le mejoró el carácter. La depresión fue cediendo y el tratamiento la pulverizó. Pero yo estaba intrigado por saber qué pasaba realmente en el diván. No podía imaginar dos cosas más antagónicas que esa vieja asturiana descreída y aquella sofisticada discípula de Freud. Un día se lo pregunté directamente: *La doctora es muy inteligente y muy comprensiva,* me respondió con cautela.

—¿Y qué te dice cuando vos le contás todas esas calamidades?

—A veces se le llenan los ojos de lágrimas.

—¿A quién? —me sorprendí, creyendo haber oído mal.

Aquella misma tarde compré este cuaderno Rivadavia de hojas cuadriculadas y tapa dura. Y anoté una primera frase: *la mujer que hacía llorar a su psiquiatra.*

3. María

Lo que me agrada del Gran Novelista, que es Dios, son las molestias que se toma por sus personajes secundarios.

G. K. Chesterton

Mamá tuvo esa misma noche un sueño premonitorio. Volvió a soñar la voz desesperada de María del Escalón en la dársena de Vigo mientras ella subía la planchada y mientras la saludaba con un pañuelo blanco, flaca exánime y asustada, desde la cubierta del vapor. Era un llanto o un grito, y sólo muchísimos años después mamá pudo descifrar su verdadero significado. Pero en esa madrugada de fin de milenio se despertó con un extraño presagio en la piel y anduvo todo el día con él sin atreverse a verbalizarlo. Hasta que, en el atardecer de ese mismo sábado intrigante, mi tía Otilia llamó para avisar que María del Escalón finalmente había muerto.

Nada sufrió, la consolaron. Padecía una demencia senil desde hacía una década, la cuidaban día y noche unas monjitas, y simplemente se quedó dormida a punto de cumplir noventa y nueve años. Pero mamá se replegó en un dolor íntimo sin estridencias, y Mimí llamó a papá unos días más tarde para narrarle el entierro: *El pueblo estaba lleno de coches, Marcial. La sepultaron allí mismo, detrás de la capilla, en el camposanto. Llovía y llovía como en una película triste.*

Mi abuela María nació en 1902 y era hija de Manuel, un mozo de estación que trabajaba en Madrid pero soñaba con Almurfe: aldea chata de noventa casas, carretera, arroyo, prados y poco más, que todavía queda en algún recodo perdido entre los verdes y las montañas de Asturias. Manuel enamoró y preñó a Teresa, la abuela de mamá. Mi bisabuela, para ir por partes, era una mujer alta, delgada y tal vez linda, de cabello largo y gris cerrado en rodete, invariablemente enlutada: falda fruncida negra hasta el suelo, blusa negrísima y delantal negro. Vivía en una casa mediana cruzando el río a la que todos llamaban el Escalón: dos plantas, y una cuadra para carnear cerdos y para guardar vacas en inviernos crueles. Teresa se encargaba de la hacienda y del campo, mientras Manuel ganaba algunas pesetas en la capital. Pero el mozo se embriagaba y tomaba como un autómata el tren a Asturias, adonde llegaba por equivocación durmiendo la mona. Teresa, que pronto lloraría su muerte temprana, lo reprendía, le despabilaba la resaca y lo enviaba de regreso.

María del Escalón se dedicaba, como todos, a la tierra. Creció prácticamente iletrada, pero en Aguas Mestas aprendió a cocinar. En las fiestas regionales, en las peñas y en las bodas, mataban un ternero y le encomendaban a mi abuela el plato oficial. María era una leyenda en esos y en otros menesteres. Hacía las veces de comadrona, dicen que ayudó en cientos de partos, y también que fabricaban en su casa una excelsa morcilla asturiana. Mamá recuerda, con el estómago escandalizado, al cuchillero revolviendo la sangre de cerdo para que no se coagulara, y a mi abuela lavando la tripa en el río y luego labrando la cebolla y la grasa en las anticuadas embutidoras.

María vistió toda la vida el mismo uniforme lúgubre que Teresa, pero tenía muy mal genio. Era una mujer introspectiva y seca, y cuando levantaba la voz crujían los cimientos. Mi padre, muchos años después, la escuchó gritarles una amenaza desde la cama a sus dos perros asesinos, que ladraban en la fragua: *Te juro que al oír a tu abuela esos perros lloraban de miedo.*

A los dieciséis años cedió, sin embargo, a los apuros de su primo hermano y quedó embarazada. Su primo se llamaba José, y era el hijo maldito de Gumersindo Díaz, ebanista y genio incomprendido. En la historia jamás escrita de Almurfe quedó escrito que mi bisabuelo era inventor y que creó la imposible «fábrica de hacer luz». Quedaba cerca de la carretera, dentro de su carpintería. Sindo cavó un pozo, construyó un dique y una usina, colocó instalaciones en todas las casas y con la fuerza motriz del río iluminó por primera vez ese oscuro villorrio lleno de supersticiosos y esperanzados. Para algunos era un ángel y para otros un demonio. Pronto tuvo enemigos y una noche le prendieron fuego al taller. La fábrica de hacer luz, la obra de toda una vida, quedó en menos de una hora reducida a cenizas, y Sindo empezó ese día a morirse de rabia o de simple indolencia.

Cuando lo anoticiaron de que su hijo había dejado encinta a la hija de Teresa, le ordenó a José que se casara de inmediato. José era alto y guapo, y no quería asumir sus obligaciones. Sindo fue severo y hubo una ceremonia con sidrina y gaitas. La joven pareja se fue a vivir al Escalón, y cuando el bebé nació, mi abuelo se fugó a Cuba. Tardó diez años en volver.

Nada se sabe de aquel exilio dorado, salvo que el príncipe consorte se dedicó con idéntico oficio a la carpintería y a las putas cariñosas de La Habana. No escribió cartas ni envió mensajeros, así que nadie puede jurar sobre la Biblia que no tomó nueva esposa ni produjo nuevos hijos, y que no retornó a casa en realidad para huir de aquel remozado calvario. Lo cierto es que retornó un día, sin previo aviso, y que María lo recibió lacónica y se le entregó con reciedumbre. A los nueve meses nació Carmen, y en su primera memoria su padre estaba siempre de viaje. Se iba semanas enteras a fabricar muebles de pueblo en pueblo, y volvía habitualmente sin un céntimo, con un talante de los mil demonios y con un hambre voraz.

María, aconsejada por su madre, le pedía a Dios que José no reincidiera. Pero una tarde de domingo tuvo un incidente con Dios y no volvió a frecuentarlo. Mamá recuerda que la iglesia estaba llena y en recogimiento. Y que María, que confesaba y comulgaba una vez por año, yacía arrodillada a oídos del cura de Agüera, que tenía fama de libidinoso y también una prole diseminada por toda la comarca. De repente, mi abuela se levantó como tocada por un rayo y le gritó delante de todos: *¿Pero qué mierda le importa a usted lo que yo hago con mi marido en la cama?* El cura, gordo de limosnas y rojo como un morrón, casi cae fulminado por el susto y la vergüenza. María juró que no volvería a pisar la casa de Dios, y advirtió en voz altísima que no contaran con ella para la colecta de Corpus ni para la de San Blas. Con los años despreció al Papa y al Vaticano, abrazó la lucha del proletariado y se hizo comunista.

Sindo los abandonó rápido, y María y José se abocaron a guerrear entre ellos con pasión y sin desmayos. Una noche mandaron a Carmen para la cama y desde allí los escuchó despreciarse. *Nunca traes una peseta, no te haces cargo de tus hijos, todo lo que ganas lo gastas en mujerzuelas,* le reprochaba su madre. Se escuchó un breve pero amenazante silencio, y entonces volvió a tronar la voz de María: *Baja esa mano, José. Baja esa mano, porque ahora mismo cojo el hacha y te abro la cabeza en dos.*

José, a pesar del escarnio, le hizo dos hijos, y luego se marchó tres años a Madrid y fue como si nuevamente se lo tragara la tierra. Después volvió y le hizo dos hijos más en muy poco tiempo, y mantuvo con María y con Teresa escaramuzas de nunca acabar. Mi bisabuela, harta de tanto descaro, empezó a zaherirlo durante las sufridas veladas del Escalón. Los niños comían polenta de un plato que apoyaban sobre las piernas, sentados en un escaño de madera que daba vuelta por las cuatro paredes de aquella cocina de campo sin mesa ni sillas. En el centro, atizaban el fuego y sobre las llamas mantenían la olla de hierro de tapa y tres patas que colgaba con una cadena del techo.

—Eres un vividor —le decía Teresa una noche—. Un vividor.

—Cállese, vieja, que me estoy enojando —le respondía el carpintero con la boca llena—. Cállese, que se me acaba la paciencia.

Teresa siguió y siguió, y de golpe mi abuelo estalló en un alarido: tomó el plato lleno de papas y lo tiró al suelo. El plato, las papas y la maldición rebotaron un rato por los zócalos, mientras la sombra gigante de José de Sindo caía sobre los niños de boca abierta y ojos aterrorizados.

—María, recoge nuestras cosas, nos marchamos de esta casa —dijo sin mirar a María, odiando con la mirada llameante a Teresa, que permanecía altiva y orgullosa, sosteniéndole la furia.

Se mudaron a la casa de una vieja vecina, a quien prometieron cuidar, lavarle la ropa y pagarle con puntualidad el alquiler de esa sala grande donde todos dormían apretujados. Mi abuelo pagó el primer mes y luego hizo oídos sordos a los reclamos de la patrona. Desde entonces llevarían una vida nómade, provisional y hacinada. Muchas veces arrendaron cuartos y nunca tuvieron nada propio de que aferrarse. Mi abuela se llamaba María y había sido una virgen campesina; mi abuelo se llamaba José, y era carpintero, pero mamá ya sabía que para ellos nunca habría Navidad.

José de Sindo siguió ausente, nadie sabía nunca dónde se encontraba. A veces volvía de Gijón o de Oviedo, y rechazaba los potajes desabridos que comían todos y pedía huevos fritos, lujo que se comía delante de sus hijos hambrientos y zaparrastrosos. La maldad es una metáfora de la ignorancia, y mi abuelo era un talentoso artista de la madera pero también un gran ignorante. Tal vez fue malvado sin conciencia de serlo y, aunque era republicano, utilizó la excusa de la batalla para aceptar trabajos remotos y para seguir farreando en otros lares.

La persecución de los falangistas diezmó al pueblo, los hombres de la República escapaban al monte y las hordas del franquismo llegaban montadas en jeeps y armadas con fusiles pesados. Entraban por la fuerza a las casas y se robaban las gallinas y los pocos comestibles que los aldeanos almacenaban con temor apocalíptico en sus despensas.

Tronaban cerca las bombas y pasaban rasantes los aviones de combate. Cuando los rebeldes capitularon y la guerra terminó, la familia Díaz era peor que pobre, y José de Sindo seguía esfumándose y reapareciendo como un mago de magia modesta pero letal. Los chicos robaban frutas de los árboles de las familias pudientes, y se doblaban frente al surco. Los días más felices de la infancia de mamá tuvieron que ver con un cerdo flaco y huesudo que José trajo aduciendo que era en pago por una instalación eléctrica. El cerdo, asesinado y racionado por María, duró casi un mes. El otro milagro sucedió en fiestas de guardar en La Riera cuando, en un alarde con amigos, mi abuelo intervino en un remate de feria y compró una canasta de dulces, panes, bollos y rosquillas. Manjares eventuales para bocas amargas.

Se verá luego de qué manera murió mi bisabuela Teresa, y por qué la vida de esa familia pendía de un hilo hasta que el hilo se rompió. Lo que importa ahora es que un mal día José le dijo a María que alguien quería matarlo.

En dos o tres aldeas, y en un pequeño municipio, mi abuelo había cobrado por anticipado trabajos que nunca terminó. Unos damnificados de pocas pulgas le habían dado un ultimátum y después habían prometido coserlo a navajazos. Vendrían de un momento a otro, y a José no le quedaba más alternativa que levantar los petates y largarse bien lejos. Consuelo, su hermana menor, había cruzado el Atlántico y llevaba una existencia decorosa en una ciudad monumental llamada Buenos Aires.

José tenía un plan. Hipotecarían la casa de Sindo y recibiría su parte de la herencia por adelantado. María pediría a su propio hermano de Tineo unos billetes. Mi abuelo viajaría primero, como clandestino, se asentaría en la América y les enviaría desde allí efectivo para que también se embarcaran. *No hay mal que por bien no venga, María, es una segunda oportunidad.* Mi abuela se corrió a Tineo, pero su hermano Rogelio fue tajante y sabio: *Para ti todo, para ése nada.*

La familia de Sindo, sin embargo, le arrimó unos billetes, José armó su bolsa y unos amigos de Almurfe lo sacaron de noche y lo llevaron a Belmonte, donde permaneció escondido. Luego de noche viajó a Oviedo y de día a Barcelona, y tomó un barco mercante y así fue como salvó por muy poco el cuello.

Los meses pasaban y no había noticias. Famélicos y abandonados a la posguerra y al racionamiento, María hacía trabajar a los niños como adultos y como bueyes, y se afanaba por que sobrevivieran a la miseria oscura. Se escribió varias veces con Consuelo, suplicándole que José le pusiera aunque sea unas líneas, pero los meses fueron pasando y no llegaban ni misivas ni dinero. Al año comprendió que José se había escapado para siempre.

Consuelo, una mujer yerma de ojos grises, portera de escuela, culposa y desorientada frente a la desalmada indiferencia de su propio hermano, le aseguró a María que ella podía dar cobijo a sus hijos. Que fuera enviándolos de a poco y que persuadiría a José de levantar el muerto.

María eligió a Carmen sin muchos preámbulos. Mamá tenía quince años, y era un renacuajo salvaje, tristón y semianalfabeto cuando subió la planchada y saludó desde cubierta con su pañuelo blanco. Escuchó el llanto de María del Escalón en la dársena de Vigo, pero lo incomprendió y a lo largo de los años fue olvidándolo. Como se sabe, al final ella sola y más que sola quedó atrapada al otro lado del mundo, y en esos nuevos veinte años de soledad llegó a resentir la desaprensión y la frialdad de su madre. Le recriminaba, en su fuero íntimo, haberla enviado alegremente como un paquete y haberla condenado así a las penurias del exilio. Hasta que una noche de fiebre soñó con esos gritos desconsolados en aquel puerto neblinoso, y entendió por fin que aquella mujer durísima y áspera no estaba cometiendo abandono ni ligereza, sino el más puro y doloroso acto de renuncia, de rescate y de amor.

Llegó anémica y casi raquítica a la Argentina: pesaba treinta y siete kilos y no conocía casi nada que no fueran el ordeñe y la siembra. José vivía y tallaba la madera en los suburbios, y respondía a desgano los llamados telefónicos de Consuelo: no tenía tiempo y daba evasivas. Consuelo tomó del brazo a Carmen y subieron a un tren. Mi abuelo dormía en la pieza de un conventillo: salió en camiseta al patio, el pelo mojado y la cara de siesta interrumpida.

—Coño, ¿qué hacéis aquí? —dijo achicando los ojos y poniendo distancia.

—Vinimos a verte —le respondió su hermana poniendo el cuerpo.

—Mamá pasa mucha hambre —explicó mi mamá y tragó saliva.

El carpintero rechinó los dientes, enrojeció de cólera y despertó a los otros inquilinos con su ronca amenaza. *Si vienes a sacarme dinero te marchas y no vuelves nunca más* —bramó—. *¿Me entiendes? ¡Nunca más!* Carmen rompió a llorar, Consuelo la tomó de la mano como a una niñita y regresaron a Palermo cabizbajas.

María no se volvió a casar, jamás tuvo otro hombre y vistió de luto hasta el momento de su mismísima muerte. En el medio, la tierra y la recuperación de España la fueron ayudando a salir adelante. Transformó la casa del Escalón en una pensión para obreros estatales de la zona, y envió ropa y algo de dinero en encomiendas de ultramar para su niña perdida.

En 1968 y en plan de corta visita, Carmen y sus dos hijos argentinos regresaron a Vigo a bordo de un crucero. Habían pasado dos décadas de separación, y en el vestíbulo de embarque las dos mujeres se abrazaron y se derritieron en gritos y en lágrimas, mientras doscientos turistas asombrados por el drama les hacían ronda y las aplaudían.

Cuatro años más tarde, a los setenta recién cumplidos, solo y sin un cobre, José de Sindo sufrió una serie de infartos y mamá tuvo que internarlo en un hospital. Amansado por la vejez y los fracasos, el carpintero hizo llegar al pueblo su intención de retornar para morir en Asturias. Mi abuela le escribió una carta a Carmen y le pidió que le leyera a José un pequeño párrafo que le dedicaba: *Ahora que estás viejo y arruinado, ¿quieres volver? Si vienes te espero en la curva con la escopeta de caza para matarte de un balazo y tirarte al río. Sólo quería que estuvieras bien enterado.*

A mi abuelo lo encontramos muerto boca abajo, en la trastienda de su desvencijada carpintería de Boulogne, y mamá tuvo que luchar para que las amantes de los tiempos de la plata dulce y la jarana no se apoderaran de su pensión. Al final, le envió a María un retroactivo estimulante, y ella le dijo por teléfono: *No puedo creer que después de treinta años el dinero que prometió tu padre al fin llegara a destino.*

Mi abuela fue feliz, aunque nunca supo muy bien en qué consistía esa licencia, y siguió sin dar el brazo a torcer y sin comunicar lo que llevaba en el fondo de su corazón de piedra. Mamá la vio por última vez en 1995. Todavía estaba derecha, tenía las manos nudosas y las piernas llenas de várices. Se quejaba del reuma, pero había perdido la razón. A menudo no sabía dónde se encontraba y desconocía a sus propios hijos y nietos, la conciencia le iba y le volvía, y tenía un fatal desconcierto para las nimiedades del presente y una poderosa memoria para los hechos del pasado.

Esa tarde última, cinco años antes de volver a soñar aquel patético adiós y de haber presentido a catorce mil kilómetros la muerte calma de su madre, Carmen aprovechó la embriaguez de la demencia como suero de la verdad. Le preguntó, un poco en serio y un poco en broma, por qué había tenido tanta paciencia con aquel ingrato. María del Escalón, por única y última vez en su vida, abrió la coraza y sonrió: *José me perseguía, Carmina. Me perseguía en el monte. Era tan guapo ese hombre. Yo lo quería tanto.*

4. Carmina

Sucede a menudo que nos regocijamos
de nuestras desgracias.

William Shakespeare

Hubo muchos ensayos generales del abandono, pero ninguno más gráfico y anticipatorio que la dramática vuelta de los montes de Buslllán. Estos pequeños episodios que estoy narrando, y que obviamente no merecen ni un fugaz renglón en la Historia, sucedieron durante la primera mitad del siglo XX en un vergel ubicado en el sudoeste de Europa y al norte de la Península Ibérica, entre los 42° 54´ y 43° 40´ de latitud norte y los 4° 31´ y 84´ de longitud oeste del meridiano de Greenwich. Asturias es una extensión de 10.565 kilómetros surcada por pequeñas rasas costeras, valles angostos y profundos, sierras y montañas, y bosques de hayas, robles y castaños. Busllán era rico en esta última variedad, y mi abuelo José necesitaba varias toneladas para cumplir con un encargo. María del Escalón y su hija Carmina pidieron prestadas a Teresa tres vacas rubias y agregaron su única vaca vieja a un viejo y quejoso carro. Partieron de Almurfe antes del amanecer y marcharon calladas a órdenes del hombre de la casa, que iba armado con una guichada, vara larga con punta afilada a cuchillo. Pasado el mediodía cerró tratos con el patrón y se hizo cargar el carro con gruesos troncos. María, al ver la carga, se mostró escéptica, pero su marido se cagó en Dios y emprendieron el regreso a paso lento.

Mi abuelo iba entre las dos primeras y mi abuela entre las dos segundas, y mamá iba delante de todos, agarrada del yugo y procurando que las vacas no se apartaran del sendero. José le alcanzó a Carmina la guichada y le ordenó que las espoleara con enjundia. *No pueden subir esa cuesta,* masculló María, pero mi abuelo le rechistó y siguieron adelante. Carmina tenía siete años, conocía a las vacas por su nombre y no quería lastimarlas, pero tuvo que darles algunos golpes para que repecharan la pendiente. Lo hicieron con la lengua afuera y con la boca llena de espuma, como si el corazón les estuviera a punto de reventar. Pero cuando probaban cruzar el río las ruedas del carro encallaron en las piedras, y los animales hicieron crujir los huesos, la carne y el yugo tratando de mover ese globo terráqueo que arrastraban del pescuezo.

José bramaba amenazas fuera de sí, sin escuchar los consejos que María del Escalón intentaba mecharle. Encolerizado con los animales y con la debilidad de su hija mayor, se salió del carril y le arrebató de un manotazo la guichada. Escupió a un costado y comenzó a pinchar y a apalear, como poseído, los lomos y los muslos de las vacas rubias. A Carmina se le encogió el corazón: *Papá, no haga eso,* le dijo enjugándose las lágrimas. El mundo se había detenido. Sólo se escuchaban la corriente rápida del río montañoso, los latigazos y los mugidos de dolor. María gritó, por encima del castigo: *¡Vas a matarlas!* Pero José siguió bañándolas en sangre. Fue entonces cuando mi abuela tomó del carro otra guichada y se la levantó sobre la cabeza: *Si no paras te desgracio, y luego te ato al yugo para que sepas lo que es bueno.* Se lo dijo rápido y con voz peligrosa. Mi abuelo se quedó paralizado: en los ojos de María había genuinas ganas de matar.

Mamá recuerda la sucesión de sentimientos que pasaron por la cara de José de Sindo. Primero fueron la sorpresa y el resuello, después el miedo y la vergüenza, al final la compostura y la indignación. Tiró la guichada al agua, salió a la otra orilla y se fue caminando a grandes zancadas sin mirar atrás, dejándolas varadas en mitad del río, con aquel carro inmóvil y aquellas vacas agónicas.

Pasaron largos minutos hasta que madre e hija recuperaron el aliento y la razón. Se habían quedado solas en el centro de la nada: José no pararía hasta tomarse un vino fresco en la taberna de Almurfe. María se mojó la cara y el pelo, y llamó a la niña: *Escucha bien* —le dijo agachándose sobre ella—. *Te colocas delante y llamas a las vacas por su nombre. Yo voy por detrás. Llámalas y olvídate de mí.* Carmina asentía limpiándose los mocos con la manga. Le temblaban las piernas y le parecía un dislate. Pero hizo lo que su madre le pedía, mientras su madre encajaba su hombro en la culata y se herniaba a los gritos. Las vacas sangrantes escuchaban la voz de Carmina y empujaban. *Arriba, arriba,* les decía con dulzura. Dos o tres veces la rueda estuvo por girar sobre la piedra que la frenaba, y finalmente giró. Mi abuela movió con la mano otras piedras, y encajó de nuevo su hombro. A mamá le pareció que María del Escalón tenía más fuerza que las cuatro vacas juntas. Una fuerza sobrenatural. El carro arrancó, vadeó el río y subió a la tierra. Muy lentamente Carmina las condujo por la carretera y llegaron al pueblo en la más completa oscuridad. Madre e hija se sentaron un minuto en la cuneta, y la mayor dijo a la menor lo que lamentaba en serio: *Tu padre debió haber muerto en ese río.*

Pero no murió en ese río sino en su derrumbado taller de Boulogne, y mamá nunca dejó de temerle. Todavía de vez en cuando sueña por las noches con los pasos de José de Sindo acercándose a la casa del Escalón: *Siempre tosía y carraspeaba, y nosotros nos fruncíamos del cagazo.* «Nosotros» eran Carmina y sus hermanos, a quienes mamá cuidaba mientras María iba a labrar la tierra de otros. Luego mi bisabuela les prestó un rectángulo para que sembraran papas y maíz. Pero la verdad es que Teresa se desvivía por la más débil de sus hijas: Josefa, que también había sido madre soltera. Su novio cayó bajo la maldición de los

Díaz, fue renuente a las responsabilidades y se terminó casando con una chica acomodada de Quintanal. Josefa era, tal como yo mismo la conocí, pequeña y taciturna. Contracara de María, vivió hasta la muerte pendiente de su único vástago, que de joven emigró a Australia, a Inglaterra y a los Estados Unidos. Mi tía abuela rezaba todas las noches el rosario entero de rodillas junto a la cama para que su hijo no cayera en desgracia ni enfermedad. Y mientras duró la guerra de las Malvinas, rezó para que el ejército argentino no me convocara a pelear contra los ingleses. María, que había tenido aquel pleito con Dios por culpa de aquel obsceno cura de Agüera, le pidió a su hermana que intercediera ante Jesucristo. Durante setenta días de sangre y fuego, a las ocho en punto de la mañana, Josefa prendía en la capilla de Almurfe dos velas, y a las diez de la noche, luego de escuchar el parte diario de los combates del Atlántico Sur, volvía para apagarlas con un padrenuestro y dos avemarías.

Ya de grande, en uno de los varios regresos a su casa de Asturias, mamá sorprendió a su tía espiando el champú y los afeites. No podía creer que mi madre se lavara todos los días la cabeza. Hacía treinta y cinco años que ella no se mojaba el pelo por miedo a que los químicos se lo destruyeran. Mamá le juró que el cabello no se le caería, y tardó una semana en convencerla de que se quitara el eterno pañuelo y permitiera jabón y enjuague. Josefa, con temor religioso, se dejó llevar por su sobrina hasta el piletón de la cocina. Resultó tener un pelo blanco magnífico y sedoso que le caía en cascada sobre los hombros. Mamá se lo peinaba al sol mientras María la miraba escandalizada. La felicidad es así, un desconcierto que viene pronto y abre las hendijas y echa luz y perfume, y risas y aire puro. Lo que quiero decir es que fue la frutilla de una reconciliación largamente deseada. De niña, aturdida por el apremio del hambre, mamá veía en Josefa a una mujer egoísta y privilegiada que sólo pensaba en su hijo. Se equivocaba. Mi bisabuela, como el buen pastor, ponía toda su atención en la más enclenque de su rebaño, y cada cual cargaba con su cruz. Que ya era bastante.

María, durante aquel vía crucis, además de todo cocinaba para afuera y atendía a las parturientas, y mamá cumplía con su rutina de hierro. Aprendió a ordeñar, llena de prevenciones, en la edad de las primeras muecas. Su madre, que no andaba para remilgos, la obligó de mala manera a perderle el respeto a la vaca, ese monstruo gigantesco e imprevisible. Cada madrugada, Carmina andaba a pie cuatro kilómetros hasta una cabaña, ordeñaba la pinta y bajaba con la leche para sus hermanos. Luego regresaba para limpiar la boñiga y cuidar que las vacas de Teresa no pastaran en los sembradíos, hasta que los tábanos del mediodía las picaban y ponían nerviosas, y entonces mamá las metía de nuevo en la cuadra y llenaba de pasto el pesebre. La mayoría de los días madre e hija araban la tierra descalzas. Muy de vez en cuando su tío Rogelio les regalaba un par de alpargatas, y cada muerte de obispo Consuelo, la tía de Buenos Aires, les enviaba una encomienda con ropa donada por las madres de los alumnos del Vicente Fidel López, colegio de Santa Fe y Carranza donde ella fue venerable portera, donde mamá terminó la primaria y donde yo tuve la suerte de aprender palotes, ajedrez y mecanografía. Esos vestidos usados y esas medias remendadas les parecían tesoros fabulosos a los hijos del Escalón.

Es que el hambre no era, en aquellos tiempos, una metáfora. Comían en platos esmaltados día tras día el mismo menú: cuecho, polenta sin leche rebajada con agua. Algunas veces cocinaban un potaje de arvejas, papas y garbanzos, y como escaseaba la harina, sólo conocían el pan por referencias. María, cuando iba a alguna amasada, pedía que le pagaran con pancitos, que los niños acompañaban con leche en tazas sin asas. Pero ésos eran días de fiesta. Las más de las veces Carmina y sus amigos y hermanos se agarraban el estómago, hacían cualquier cosa y codiciaban cualquier bocado. Mamá era como un gato: trepaba los manzanos y los perales ajenos, y los sacudía. Luego se cargaba el delantal y echaba a correr antes de que los vecinos la descubrieran. Robaban manzanas, peras, nueces y castañas, y comían las moras que crecían entre espinos al borde de los senderos.

En las casas más humildes, después de la guerra, no había siquiera árboles frutales. Así que Carmina se convirtió en una experta ladrona de frutas de las casas de los vecinos pudientes, quienes exhibían sin preocuparse esos manjares que a veces dejaban pudrir.

Un día, mientras rapiñaban los frutos de la huerta de cuatro hermanos solterones, uno de ellos salió armado con una hoz: *¡Hijos de María del Escalón, voy a cortarles las piernas!,* les gritó rojísimo de ira. Mamá salió corriendo, pero enseguida escuchó la voz de su hermano Chelo, que tenía cinco años y pantaloncito corto: *¡Carmina, no me dejes aquí!* —gritaba rezagado—. *¡No me dejes aquí que me corta las piernas!* Mamá recogió una piedra redonda e hizo frente a su perseguidor: *Te la tiro,* le advirtió, y se la tiró. La piedra le pegó en un pie y el hombre de la hoz trastabilló y se fue de culo, y Carmina tomó de la mano a Chelo y en un santiamén desapareció en la cuesta.

Los chicos del pueblo se burlaban de ella. Porque iba descalza y porque era una burra. Y ella, que no podía ir a la escuela, se defendía a los puñetazos y a los mordiscones. A los once años era un pequeño animal del bosque. *Tenía miedo, pero también tenía mucha hambre* —todavía recuerda—. *Y el hambre te hace valiente e infame.* Una mujer llamada Benigna, tan pobre como María del Escalón, se las rebuscaba pidiendo por los pueblos. *Déjame ir a pedir, mamá,* le rogaba mamá. *A pedir jamás*, se negaba mi abuela con extraño principismo. Un miércoles Benigna se apoyó en una estaca y dijo, ante varios, que Carmina le había robado una carga de leña. María, que estaba presente, se encogió de hombros como si escuchara llover. *Habla con mi hija,* le respondió. La buena leña, en ese hogar sin padre, también escaseaba. *¿De dónde voy a sacarla?,* solía desesperarse Carmina. *Pues píntala,* le contestaba su madre. Carmina entonces la «pintaba». Es decir, la robaba de algunos fondos cuando no quedaba otra. Había incluso robado en cierta ocasión algunas maderas de un prado cerrado que tenía Benigna, pero esta vez se sentía inocente y ultrajada. Todo Almurfe andaba rumoreando una mentira. La mala leche heredada de su padre la inundó con una oleada fría: subió hasta la loma que daba con la casa de su enemiga, levantó a pulso una piedra del tamaño de una estufa y la desafió a que saliera a repetir esa falsa denuncia. Benigna salió, mientras la gente se juntaba en la carretera para ver el fantástico espectáculo, y cuando divisó a esa criatura salvaje con esa roca descomunal en lo alto, se arrepintió a viva voz y huyó para adentro como una rata. *No la mates, Carmina,* escuchó que le decía con voz razonable un vecino desde la carretera. Mamá dejó caer la roca, que fue dando tumbos por el terraplén hasta la puerta cerrada, y volvió a casa, donde María del Escalón le pegó seis rebencazos en la espalda, en las nalgas y en las piernas.

Toda la niñez fue ensombrecida por la ausencia de José de Sindo y por el permanente errar de casa en casa. Alquilaban cuartos o salas, nada era de ellos: ni el techo ni la leña, ni las frutas ni el campo. El baño era un árbol o un pozo, y se bañaban vestidos en el río durante el verano y desnudos en una tina durante el invierno. Jamás tuvieron juguetes, ni supieron de la inexistencia de Santa Claus o de los Reyes Magos. Sólo cuando nevaba o llovía seguido María se daba el lujo de prescindir de los brazos de su hija y la enviaba a la casa de la maestra, donde trataban de enseñarle sin mucho resultado aritmética y caligrafía.

Mamá, sin haberse desarrollado, tenía una cara luminosa. En cierta oportunidad, María la envió con una botella vacía a la taberna de Almurfe. No había nadie salvo el hijo del tabernero. *Dice mi madre que la llenes,* le dijo distraída. El muchacho tomó el pellejo de una bota y comenzó a pasar el vino tinto, que era para uno de los patrones ocasionales de mi abuela. Cuando el muchacho terminó, puso la botella en el mostrador, tomó las monedas, pegó un salto, cerró la puerta por dentro y se le vino encima: *Estás muy buena, ¿sabes?* Carmina levantó la botella y le dijo sin convicción: *Te la parto*. Si hacía eso, su madre le partiría la nariz. El muchacho creyó entender que no ofrecería resistencia y le puso las manos sobre los hombros, y mamá, sin entender qué pretendía, le pegó una patada en los testículos. *Eres una bestia, tenías que ser del Escalón,* se quejaba sin aire y sin peso. María puso cara de águila cuando Carmina le contó, bajó a charlar un rato con el tabernero y, cuando se marchó de la taberna, padre e hijo estaban demudados por el terror.

De repente su hija se estaba haciendo grande. Se la pedían otras familias para trabajar el surco, y hasta fue una semana entera a recoger espigas de trigo a un pueblo montañés. Allí le daban comida y le pagaban diez pesetas el jornal; dormía en el pajar, sobre un jergón y envuelta en una manta. Habitualmente se rompía la espalda llevando sacas de papas y pesadísimas cargas de hierba. *María, vas a matar a esa nena,* susurraba Teresa, quien a escondidas le regalaba panes y rosquillas. Mamá heredó de mi bisabuela cierto donaire, y cuando ya en la Argentina recibió la noticia de su muerte sintió una puñalada. Teresa tuvo un ataque cerebral y vivió casi diez años con medio cuerpo paralizado hasta que un día expiró. Carmina siempre recuerda a Teresa impugnando la decisión familiar de enviarla a la América. Y recuerda también a María diciendo: *Es que vamos todos.* La vieja se reía con profunda amargura: *No me entra que todavía le creas algo a ese cantamañanas.*

Rosario, la hija mayor de mi bisabuela, vivía en Madrid y era dueña de una pensión y madre de un torero. *Estás agobiada, María, envíame a Carmina que yo le doy de comer,* le propuso a su hermana. *¿Y quién me ayuda a mí?,* se dijo como siempre María, pero con el correr de los meses fue haciéndose a la idea. *No quiero ir,* rezongaba Carmina. *Vete, niña* —porfió mi abuela—. *Vete que no te faltará un plato. Y que te comprarán vestido nuevo.* La puso en el tren y no alcanzó a ver cómo la deslumbraba el paisaje largo y cambiante. *Qué inmenso es el mundo,* pensó mi madre, y llegó a Madrid asustada. La pensión quedaba sobre el paseo de la Florida, frente a la estación del Norte. La misma estación donde había cargado maletas su abuelo Manuel. Prisionera en aquella cárcel rigurosa pero confortable, Carmina miraría una y otra vez ese andén y pensaría muchas veces en aquel abuelo nostálgico y borracho que a la primera de cambio se tomaba, como un sonámbulo de penas, el expreso de Asturias.

Se trataba, básicamente, de una pensión de estudiantes. Planta baja enorme con muchos cuartos. Rosario era una mujer enérgica. Sin previo aviso, le levantó a Carmina la falda y la dejó muda. *¡Eres un desastre!* —se quejó triunfal, y le explicó a su nuera—: *En casa de María, como siempre, no se usan bragas.* La verdad es que no mentía: ni Carmina ni su madre usaban bombacha bajo las polleras negras, y el aspecto general de la chica era tétrico. La tía le compró tres bragas, un vestido, una vincha y unas sandalias azules. Determinó que trabajaría de camarera, que hablaría lo mínimo indispensable con los pensionistas y que dormiría sobre la mesa del comedor. Al final de la jornada, cuando todos se retiraban a sus habitaciones, se desenrollaba un colchón y la hija de María del Escalón descansaba hasta el alba. En rápido operativo despejaban entonces la mesa, tendían el mantel y servían el desayuno. Y después Carmina, con cepillo y jabón, limpiaba de rodillas el piso, repasaba con una franela los muebles y hacía de nuevo las camas. Se cocinaba y se volvía a servir, y así día tras día.

No estaba mal, sobre todo para alguien que venía a matar el hambre, pero allí mi madre comenzó a sentir los primeros síntomas del virus que le arruinó la vida. Provenía del infierno y es increíble que extrañara el fuego, pero aún lo extraña hoy, que han transcurrido tantos años de aventuras y aflicciones. Se sentía, y se sintió, para siempre sola. Y todas las noches, absurdamente acostada en una mesa de Madrid, soñaba en soledad que corría por los prados con una ciruela, y que bailaba una jota con sus hermanos antes de hacer una diablura.

Los pensionistas, que ignoraban el lugar donde dormía aquella chica circunspecta, le daban charla durante las sobremesas y le festejaban hasta los errores. Cierta mañana Rosario preparó dos huevos fritos ahogados en aceite para un joven andaluz. Carmina tomó el plato con las dos manos, caminó el largo pasillo entre la cocina y el comedor, y lo puso sobre la mesa. *¿Y dónde están mis huevos, buena moza?*, le preguntó entonces el andaluz. Mamá bajó la vista y vio que el plato estaba vacío. *¡Los huevos!*, se alarmó. Miró el piso y volvió sobre sus pasos, ante las carcajadas generales: los huevos habían patinado y se habían estrellado contra las baldosas. Su tía se la quería comer cruda. La anécdota se convirtió en un clásico, y hasta los más distantes le tomaron cariño: no había quincena donde no le dieran, en secreto, una pequeña propina a esa asturiana afable y montaraz.

Mamá consiguió una lata y la transformó en una alcancía. Y la alcancía en una ilusión. Rosario, que guardaba sus propios billetes en una gruesa faja que ceñía cada madrugada a su cintura, temía que la hija del Escalón juntara demasiadas monedas y se fugara un día para Almurfe. Ya había rechazado sus primeros y tibios planteos cuando, después de una noche de chuchos de frío y fiebre y neumonía aguantados con dientes apretados sobre la mesa, Carmina se había atrevido a ser brutalmente sincera: *Tía, no doy más, quiero volverme al pueblo*. Rosario se sorprendió ante semejante ingratitud. *¡Tu madre te mandó para esto, así que ahora te la aguantas!*, le respondió, pero a partir de entonces mantuvo las antenas paradas. La hermana de María consideraba, con sólidos argumentos, que había salvado la vida de aquella pobre huérfana, y por su propia naturaleza no entendía la herida existencial. Su sobrina, formada en el atraso y las carencias, no estaba en condiciones de discernir lo que le convenía. Le convenía Madrid y no aquella triste aldea, así que un jueves de fin de mes le pidió la lata. Era nada más que un préstamo para gastos de coyuntura. Carmina se dio cuenta de que, quitándole los ahorros, su tía le estaba quitando la chance de comprar un pasaje de regreso, pero se los prestó igual porque no sabía cómo negarse.

Once meses pasó en Madrid, y no hubo un solo día en el que no fantaseara con subirse al vagón y con dejarse llevar por valles y caminos de montaña hasta su paraíso personal de profunda miseria y de feroces alegrías. Esa paradoja fue acaso el nudo de toda su existencia. Un cordón umbilical la unía a ese pueblucho de mala muerte donde se malvivía, y jamás hubo lugar en el mundo que pudiera suplir lo que Almurfe significaba para ella. Le daban, a menudo, manos para que saliera del pozo. Pero la sobrina de Rosario las rechazaba con insensata terquedad. Se empeñaba así en confirmar que ciertos hombres y mujeres pertenecen a un solo sitio, y que no hay máquinas ni olvidos ni distancias ni tentaciones humanas que logren sustraerlos de ese imán sagrado. Todo tiempo de separación entre mi madre y su hogar fue un tiempo de destierro, y por lo tanto de dolor. Ese tiempo, medido en años y salvando breves recreos, le llevó en total más de medio siglo.

Pero esos padecimientos eran todavía inimaginables en aquella pensión madrileña, aunque mamá ya lloraba a escondidas de doña Rosario y de sus pensionistas. Sólo se franqueaba con la nuera de su tía, una dama sensible a cuyos hijos Carmina paseaba por las calles de Madrid. Viendo la pena de esa niña, la esposa del torero le dijo: *Hay que tener un poco de paciencia. En verano pienso ir de vacaciones a Asturias, y voy a explicarle a mi suegra que te necesito de mucama. No va a poder negármelo. Y cuando lleguemos a Almurfe, si te he visto no me acuerdo.*

Mamá guardó el plan y rezó para que se cumpliera. No tenía francos, pero un anciano de Cuevas, que se condolía por ella, pidió permiso a la patrona para llevarla a las romerías de San Isidro, donde bailó pasodobles y comió chocolates. Fueron apenas dos o tres noches de felicidad en medio de una temporada sombría. Al fin la mujer del torero planteó sus necesidades y la suegra, a regañadientes, se las aceptó. Carmina tuvo que refrenar la sonrisa hasta que el tren partió de la estación del Norte. Llegó con una sonrisa de oreja a oreja a Oviedo, y con una similar a la casa de María del Escalón. *Yo no vuelvo,* le informó antes de abrazarla. *Tú eres muy fina* —dijo mi abuela—. *Crees que la vida es fácil.* Nada fácil fue ese año en el que José de Sindo escapó de noche para no ser asesinado a navajazos y en el que se comprobó al poco tiempo que estaba cometiendo una nueva deserción.

Al final de esos negros avatares, la carta de Consuelo Díaz logró persuadir a mi abuela. Consuelo se había enamorado de Marcelino Calzón, y cuando éste se escapó de polizón para eludir los cinco años de servicio militar, la hermana menor de José de Sindo se casó por poder en Belmonte de Miranda y siguió a su marido hasta el fin del mundo. Allí en el fin del mundo quedaba Buenos Aires, y en 1920 la tía había parado la olla cosiendo para afuera en una pieza de dos por dos, y el tío trabajando en un lavadero de automóviles. Luego, todavía en plena *belle époque,* debieron refinar sus maneras para ser ama de llaves y chofer en una impresionante mansión de Barrio Norte. Consuelo cocinaba platos franceses y Marcelino llegó a ser secretario personal del doctor. Pero eran muy exigentes y meticulosos, y les pagaban un salario miserable. *Los ricos comen poco* —decía Consuelo—. *Y a nosotros nos daban las sobras.*

Resultó, sin embargo, una experiencia provechosa. Educaron sus formas, aprendieron de perfumes y de ropas, y conocieron gente importante. Pronto sacaron la ciudadanía argentina y fueron nombrados en la portería de una escuela pública. En los fondos del patio del Fidel López, detrás de un jardincito, los porteros contaban con una pequeña casa. Vestían guardapolvos inmaculados, tenían la categoría de un docente y eran tratados con ceremonioso respeto por las maestras y los profesores, quienes en esas épocas provenían de la clase media alta. Marcelino había logrado que casi no se le notara el acento español. Vestía trajes con chaleco y reloj de bolsillo, y usaba un chambergo gris. Era un caballero argentino de exquisitos modales, que leía el diario *La Prensa* y departía en la dirección con Alfonsina Storni.

Tenía pánico al ridículo y al qué dirán, y dominaba completamente la voluntad de su esposa. Con el sueldo de ambos compraron un Ford T bigotudo y una casa centenaria en Emilio Ravignani 2323. Yo nací en esa casa con zaguán, patio, sala, dormitorio, sótano, altillo y terraza. El tío y la tía sacaban, en verano, las banquetas a la vereda y comentaban en la fresca oscuridad de Palermo las novedades del barrio. Importaron a una hija de España porque el médico que operó a Consuelo de un fibroma tuvo al final que extirparle los ovarios. La tía, cuando vio que su hermano hacía oídos sordos, escribió la famosa carta a María del Escalón. Pedía una niña, y prometía cuidarla y educarla hasta que mi abuela pudiera viajar, y convencer mientras tanto a José de Sindo de que diera el brazo a torcer. Visto en perspectiva, Consuelo quizás abrigaba una secreta esperanza, que luego el destino le concedió: tenía un gran instinto maternal. Para Marcelino, en cambio, se trataba de un notable acto de altruismo. Ya lo decía Borges: un caballero sólo debería defender las causas perdidas.

Por más que trata y trata, mamá no consigue recordar cómo le tocó en suerte ese viaje. Parece que mi abuela había elegido a Delia, la hermana que seguía, pero que, en un brevísimo momento de duda general, Carmina dio el paso al frente con total inconsciencia: *Bueno, voy yo.* Lo cierto es que rápidamente la moción fue aceptada, y de repente estaban en Gijón arreglando los papeles en el consulado argentino, y al día siguiente estaban en el puerto de Vigo a los abrazos. Mamá permanecía anestesiada por la escena y por el imponente barco Tucumán, que la aguardaba en el agua aceitosa. Pensaba, si es que pensaba en algo, que nada podía ser tan terrible y que en unos pocos meses María se embarcaría con los niños y que se reencontrarían allí lejos, y que sería una nueva vida y que todo era para bien.

No obstante, vio que la última de las mujeres duras empezaba a lagrimear, y un vacío abrumador le fue helando el pecho. Había una multitud en la dársena, y ellas hacían tiempo como si estuvieran esperando turno para un milagro. Sonó una sirena y mi abuela dijo: *Bueno, tienes que subir.* La abrazó y Carmina subió la planchada mientras escuchaba ese llanto inclasificable. Luego, cuando ya soltaban amarras, mamá oyó un grito entre los gritos: *¡Hija mía, baja de vuelta, no te vayas!* No lo tomó en serio, porque ya hacía rato que el barco estaba en maniobras, pero la estremeció esa manera de nombrarla. Nunca, en sus quince años de vida en común, la había llamado «hija mía».

Tarde para todo, reculó con su valija de cartón del tamaño de un diccionario, y formó fila con otros diecisiete menores, a quienes pasaron lista y ordenaron que cada día se presentaran en la oficina del capitán. Mamá no conocía a nadie. Pero cuando levantó la vista vio que los dieciocho, incluyendo ella misma, estaban llorando.

Los condujeron a una bodega acondicionada con camas cuchetas y los separaron por sexo. A mamá le tocó una cama de arriba, y estuvo toda la primera noche vomitando. Desayunó un café con leche y lo devolvió, y se sentó en la cubierta hecha un cadáver. Al rato escuchó vagamente que llamaban por altavoces a una menor, y después vio que varios marineros preguntaban por una tal María del Carmen Díaz. Una dama, que tomaba aire marítimo en la reposera de al lado, le comentó asustada: *¿Pero dónde estará esa chica que buscan desde hace horas? ¿No se habrá caído al mar?* Qué terrible si se tiró por la borda, pensó mamá, realmente consternada. Los altavoces seguían requiriendo la presencia en la comandancia de una tal María del Carmen Díaz, pero la menor brillaba por su ausencia y el barco era un hervidero. Hasta que de golpe mamá pegó un salto y gritó, para espanto de su vecina: *¡Pero soy yo, ésa soy yo!* El marinero que estaba más cerca la tomó de un brazo y prácticamente la arrastró hasta el despacho del capitán, un argentino serio de barba larga y uniforme intimidante. El capitán la miró de arriba abajo y encendió parsimoniosamente su pipa.

—Dígame, m'hija, ¿dónde estaba y por qué no contestaba los llamados? —preguntó con voz suave—. Ya pensábamos lo peor.

—Es que yo no me llamo así, señor.

—¿Cómo? ¿Usted no es María del Carmen Díaz?

—No, así figura en los papeles, señor. Pero yo me llamo Carmina. Nunca me llamaron de otra manera, señor capitán.

El capitán asintió, pensativo, y dejó que el humo grisáceo del tabaco inundara toda esa oficina con prismáticos, cartografías y ojo de buey. Luego la apuntó con su boquilla:

—Escuche bien esto, querida. A partir de ahora usted se llama María del Carmen Díaz. Carmina se terminó, ¿me oye? Acá Carmina se terminó para siempre.

5. Consuelo

Todos los días de mi vida despierto con la impresión, falsa o real, de que he soñado que estoy en esa casa.

GABRIEL GARCÍA MÁRQUEZ

La realidad, como el folletín, está llena de golpes bajos y lugares comunes. Sé que por pudor ningún novelista serio, ningún obrero de la ficción, contaría las cosas que estoy contando. Mi abuela Valentina, de quien escribiré más adelante, amaba los culebrones porque la vida real se les parecía peligrosamente, salvo que rara vez la realidad deparaba un final feliz. No estoy contando la pura verdad, sino la verdad contaminada que mi madre narró a su psiquiatra, los monólogos que pude anotar en mi cuaderno, la tradición oral de mi familia y los recuerdos de mi infancia. Trozos descompuestos de verdad, reconstrucción periodística de la vida. Memoria fragmentaria de hechos novelescos y de sentimientos ambiguos; relato verídico de rotos, descosidos y remendados.

Mamá era justamente nadie entre seiscientos, apenas una pueblerina de quince años que lo ignoraba todo, y que esperaba en la cubierta que el barco no llegara nunca a ningún puerto. Los mayores paseaban o bailaban en los salones, y Carmen era una figura invisible que miraba el desfile desde afuera, que atravesaba las paredes y los pasillos como un fantasma, y que no pronunciaba palabra alguna. Como al resto, le daban de comer guisos decentes y bifes duros, pero Carmen vomitaba hasta el café y las tostadas. De tantos mareos y náuseas se le cerró definitivamente el estómago, y como la bodega le daba claustrofobia durmió diez días en una reposera, tapada con una manta, en la intemperie de la proa.

—Señorita, ¿sabe usted que si no come va a morirse? —le preguntó un camarero argentino—. ¿Y sabe qué hacemos con los pasajeros que se mueren en alta mar? Los tiramos por una rampa y se los devoran los tiburones.

Mi madre ni se mosqueaba, estaba hecha un ovillo despeinado y pálido, no sentía el alma en el cuerpo y era puro pensamiento a la deriva. El camarero, a medida que avanzaban el viaje y el ayuno, empezó a preocuparse: *Entre todos los manjares de este mundo, ¿qué puedo prepararle, señorita?* Parecía como si mi madre hubiera olvidado el estómago en Asturias. Entre todos los manjares eligió unas manzanas deliciosas de Río Negro, que la mantuvieron viva, aunque perdió cerca de diez kilos en dos semanas.

Arribaron durante una noche horrible, y mamá bajó entre los últimos. José, impecablemente vestido, la abrazó y le dijo: *Pero qué delgada estás, Carmina.* Nada más. Consuelo, con un pañuelo florido en la cabeza, se hizo rápidamente cargo de la situación y Marcelino, con el chambergo hasta las cejas, llamó un taxímetro. *Nosotros somos tus tíos, vas a quedarte en nuestra casa,* dijo Consuelo tratando de ser cálida. A mamá le castañeteaban los dientes. Marcelino estaba inquieto por volver de inmediato a Ravignani. Los esperaba una carne guisada con papas. José comió, cumplió con el compromiso y desapareció. *Aquí no volverás a pasar hambre, querida,* dijo la tía en un suspiro. Le abrió una camita disimulada dentro de un mueble del comedor, y Carmen durmió, por primera vez en mucho tiempo, diez horas seguidas.

Consuelo la despertó con medialunas, la bañó y despiojó, le dio ropa y zapatos nuevos, y le preguntó por qué no usaba corpiño. *Porque no tengo tetas,* confesó mamá. La tía le compró, no obstante, dos pares de corpiños y la llevó a la peluquería. Allí descubrieron, con horror, que una especie de callo le daba una vuelta completa a la tapa de los sesos bajo el cuero cabelludo. Al principio creyeron que era simplemente una costra, pero no salía ni con alcohol ni con querosén ni con solvente, y acudieron preocupadísimos al médico del colegio, quien les dijo que se trataba de una cicatriz en forma de corona. *A ver, señorita* —dijo el doctor quitándose los lentes—. *¿Es una marca de nacimiento?* No era una marca de nacimiento. Era la huella circular dejada por aquellas cargas de hierba y por aquellas pesadísimas canastas de leña que

María del Escalón le imponía desde los siete años. El médico recetó un preparado farmacéutico y Consuelo, con su santa paciencia, le pasó la gasa humedecida todas las noches de todo un año hasta que la marca de la miseria se desvaneció. Pero la revisión médica arrojaba resultados más preocupantes: Carmen venía con una bronquitis aguda, estaba desnutrida, mal desarrollada y probablemente raquítica. Le prescribieron jarabes, vitaminas y una dieta a base de alimentos ricos en hierro y calcio.

Quien más le insistía con su régimen era el hermano de Marcelino. Se llamaba Mino, un gaitero simpático que había sido tranviario y que ahora vivía en una solitaria habitación con techo de chapa y piso de listones endebles que quedaba en la punta de la escalera. Desde ese cuarto caluroso en verano y frío en invierno que todavía existe en la terraza de la vieja casa de Ravignani, Mino animaba a Carmen a que comiera el hígado que Consuelo le cocinaba, y le pedía que entonara para él algunas canciones de la tierrina. *Asturias, patria querida. Asturias de mis amores. Quién estuviera en Asturias en todas las ocasiones.* Mamá terminaba de comer y se ponía a cantar al son de la gaita, y a Marcelino, que era un español vergonzante, esas demostraciones lo sacaban de quicio. Para que los vecinos no murmurasen, un día cortó por lo sano: le ordenó a Carmen que no cantara en el patio y a Mino que dejara la gaita. Por eso es que Mino, cuando su hermano no estaba en casa, entraba en el dormitorio de los tíos, levantaba la trampa del sótano disimulada bajo la cama matrimonial, bajaba cinco escalones, prendía la luz, cerraba la tapa y tocaba su música en la clandestinidad durante horas.

A Carmen la impresionaba saber que aquel anciano debía bajar a las catacumbas para defender su identidad, y sentía por él un cariño extraordinario. Fueron confidentes y víctimas de los dramas solapados que se vivían en ese hogar. Y luego Mino tuvo una hemiplejía y se recuperó, y finalmente acusó otro ataque y estuvo seis años hecho un vegetal en el Hospital Alvear. No reaccionaba ante ningún estímulo, pero cuando mamá lo visitaba y le tomaba una mano, a Mino le corría una lágrima por la mejilla.

Pasados los primeros días, Marcelino envió a Consuelo con un mensaje: Carmen debía levantarse a las cinco, prepararles el desayuno y servírselo en la cama. Luego tendría que acompañarlos a la escuela, donde se dedicaría a limpiar el patio, a barrer las aulas, a cepillar los escalones, a fregar los mármoles y a encerar la dirección. Cumplida la tarea, recibiría un billete colorado y visitaría la feria de la calle Guatemala para hacer las compras, después limpiaría toda la casa y prepararía el almuerzo. Haría su tarea escolar y a las seis de la tarde entraría en la primaria para adultos que funcionaba en horas nocturnas del Fidel López. Para cumplir con esta última misión, tendría que someterse a un examen: a los dieciséis años la pusieron en tercer grado.

En esas aulas mamá sintió por primera vez los dardos de la discriminación. Todos preguntaban en la escuela, con morbosa curiosidad, quién era esa «galleguita», y sus compañeras, grandulonas y maliciosas, se divertían burlándose de su ignorancia y haciéndole la vida imposible. La señorita Valenzuela, una maestra cabal y de buen corazón, las retaba con el puntero en la mano y trataba por todos los medios de que la campesina se integrara. Pero no era tarea fácil. Carmen sabía, a duras penas, leer, garabatear y hacer las cuentas, pero desconocía la geografía y la historia nacional. Tuvo que aprender de cero los mapas y sobre todo las guerras de la Independencia como se aprende en las primeras clases: con buenos y malos y blancos y negros. Los buenos eran los argentinos y los malos eran los españoles, y había que abrazar con denuedo esa gesta, festejando las batallas ganadas y odiando a los godos despreciables. Mamá se sentía confundida y avergonzada, y cuando le ordenaron redactar una composición sobre José de San Martín volvió llorando a casa. *Tía, ¿cómo voy a escribir sobre alguien que no conozco ni de oídas?,* dijo en la mesa de la cocina de Ravignani: *¿Quién es San Martín? ¿Por qué les hicimos cosas tan horribles a los argentinos?*

Consuelo hizo honor a su nombre, y Marcelino la acompañó en ese operativo, puesto que lo abochornaba el eventual fracaso de su protegida ante la comunidad docente. Mi tía abuela le pidió a una de las maestras de la mañana que le hiciera, en secreto, una síntesis de la biografía del prócer, y procuró que su sobrina plagiara a su manera ese texto, que la señorita Valenzuela felicitó con tibieza, en la seguridad del engaño. La tercera composición fue la vencida. La maestra llamó a mamá al escritorio y le preguntó en voz muy baja:

—¿Quién le escribió esto?

—Una amiga de mi tía, señorita —confesó Carmen, devastada.

—Vaya —susurró la maestra cruzándole la hoja—. Y que sea la última vez.

Mi madre asintió tragando saliva, y regresó de nuevo a puro llanto. No le entraban en la cabeza tanta aritmética, tanto río y tanta península, tanta fecha y tanto patriota desinteresado. No tenía el entrenamiento para asimilar la información ni la instrucción mínima para comprenderla, y cada vez que pasaba al frente o respondía una pregunta sus compañeras saludaban la equivocación o el acento cerrado y rústico con una carcajada o con una ironía. Todo era un genial chiste de gallegos, y esa españolita iluminaba con su torpeza las noches adultas y se humillaba una y otra vez.

Viendo que no podía entender, mamá se dedicó entonces a memorizar, y descubrió que la memoria era un músculo que reaccionaba con un poco de gimnasia. Aprendió palabra por palabra cada lección como si estuviera escrita en una lengua extraña, y no le fue difícil evolucionar en ese arcaico sistema. Se aprendió enterito el preámbulo de la Constitución, las letras de *Aurora* y de la marcha de San Lorenzo, y el himno nacional argentino, que cantaba con entusiasmo en el patio de nuestra casa sin que Marcelino le aplicara censura.

Hizo buenas migas con algunas chicas, y en un recreo la tomó de las mechas a la más cizañera y la obligó a besar las baldosas. Tenía la fuerza de un muchacho y la madurez de una niña de doce, pero apenas cedió la primera turbación le afloró el mal genio de José de Sindo y de María del Escalón, y a los seis meses nadie más se metía con ella.

A fin de año, sin embargo, la maestra quiso premiar el sacrificio haciéndola abanderada, pero un grupo de padres elevaron una queja a la dirección del colegio por la ocurrencia de permitir que una extranjera de bajas notas y dudoso talento llevara el sagrado estandarte de la Nación. La señorita Valenzuela se paró junto al pizarrón, miró una a una a los ojos, y después, cuando el aire se cortaba, dijo que había anotado la objeción, que había meditado largamente sobre la controversia y que había tomado la decisión de no rectificarse: *Sé que muchas de ustedes no están de acuerdo. Pero quiero gratificar a esta alumna que no es argentina y que tanto perseveró en aprender lo nuestro.* Ninguna se atrevió a contradecir a la señorita Valenzuela, y mi madre llevó la bandera de ceremonias en un acto cualquiera que sus tíos observaron uniformados, firmes y solemnes, henchidos de orgullo y de argentinidad.

Fue una inyección de optimismo en un cuerpo castigado. El hambre, la gran cruz de su primera vida, se estaba desvaneciendo a la misma velocidad que la cicatriz de su cráneo. El hambre era, de pronto, únicamente un recuerdo. Su plato siempre estaba lleno y la tenían pasmada los cestos de la basura, que miraba por costumbre: los argentinos arrojaban allí increíbles manjares y casi no había mendigos en las veredas. Pero la sensación de ser una forastera en un mundo hostil no la abandonaba, y cuando José de Sindo la sacó carpiendo de la pensión, quiso escribir una carta a su madre pidiéndole que la devolviera a su pueblo.

Los tíos, sin embargo, le previnieron que no debía alarmar a María, y que ellos seguirían haciéndose gustosamente cargo de su manutención y de sus estudios, y acecharon a partir de entonces sus cartas para que transmitieran satisfacción y felicidad. Sus benefactores, poco antes de las cinco, le gritaban desde la cama: *Carmen, levántate y tráenos el té con leche y las galletas*. Mi madre estaba tan agradecida que no se dio cuenta hasta muchos años después de que era una rara mezcla de hija sustituta y criada cama adentro.

Las maestras, los vecinos, las compañeras, los parientes de los tíos y algunos emigrados de Almurfe y sus alrededores que venían de vez en cuando a saludarlos le decían lo mismo: *Qué suerte tuviste, Carmen*. Y ella estaba realmente convencida de la dulzura de Consuelo y de la honorabilidad de Marcelino, a quien todos llamaban «don» por su porte de hidalgo. Pero esa imagen exterior muchas veces contrastaba con las actitudes de pequeño tirano que el tío tenía dentro de las cuatro paredes. Convertía a Consuelo en su títere, imponía su voluntad con fría furia, criticaba en voz baja a todos y fiscalizaba cada movimiento. Tenía ataques de nervios por pequeños deslices y el asma no lo perdonaba, así que tía y sobrina tenían que llevarlo cada dos por tres al dispensario de la Cruz Roja.

Era, a la vez, tacaño y dadivoso. Y cuando mi madre no era sirvienta era princesa: Marcelino las llevaba al cine y a los teatros a ver comedias y a disfrutar de la Compañía Española de Romerías; Consuelo la escuchaba, la comprendía y la educaba en los rudimentos de la vida urbana, pero nunca discutía las arbitrariedades de su marido. Formaban, vistos de lejos, una familia feliz fruto de la abnegación.

Un día, en ausencia de todos, Marcelino comenzó a arrinconarla. En menos de un año mi madre había recuperado peso y colores, se había nutrido y desarrollado, y era una mujercita floreciente. El tío, cuando se quedaban solos, la perseguía en silencio. La tocaba, le rozaba las nalgas y los pechos, y le decía: *Estás muy guapa*. Mamá no simulaba lo que era: una verdadera mosquita muerta. La primera vez, con los pelos de punta, sólo atinó a decir: *Pero qué está haciendo,* mientras escapaba esquivando muebles como una anguila. Si no fueran dramáticas, parecerían escenas cómicas: semana tras semana, en ausencia de Mino y de Consuelo, el hidalgo acosaba a su sobrina en el juego mudo, casi chaplinesco, del gato y el ratón. Si alguien escuchara desde el zaguán oiría el armónico silencio y los ruidos de la vajilla, y de repente un respingo y pronto una breve corrida y un murmullo y otra vez el silencio, pero ya no armónico sino eléctrico y lúgubre.

Se trataba de una cacería secreta y el depredador sabía muy bien cuáles eran los momentos y los rincones adecuados. Una noche, mientras mamá dormía, Marcelino se sentó en la cama reversible del comedor y metió la mano por debajo de las sábanas. Mamá se replegó de un salto, se abrazó las piernas sobre el pecho y le susurró: *Se lo voy a decir a la tía*. Marcelino se acarició la calva blanca y pecosa, y respondió: *La tía no te va a creer*. Mamá temblaba y el reloj de pared, que yo heredé y que me acompaña mientras escribo estos retratos, dio una campanada. *Consuelo me cree a mí,* dijo Marcelino con la vista perdida, y salió del cuarto.

Carmen sentía asco y pavor. Nadie le había explicado nunca la sexualidad, ni siquiera sus amigas y compañeras, que en la década del cuarenta eran pacatas e inocentes. Había visto, naturalmente, el apareamiento de los animales en el campo y, cuando dormían todos juntos en una sala de Almurfe, había oído sin entender, y con los ojos cerrados, el trajín de sus padres. Pero no comprendía del todo la mecánica y mucho menos el acoso sexual. Y el terror doméstico la dominaba. El tío siempre estaba cerca, como un vampiro, y mamá tenía que dormitar con un ojo abierto, y estar todo el tiempo preparada, atenta y vigilante. A veces se tropezaba con Marcelino y pegaba un grito, y Consuelo se reía asombrada: *Es increíble que seas tan asustadiza, Carmen.*

La gran pregunta, durante esos meses diabólicos, era cuánto sabría Consuelo. La tía era una esclava psicológica de su esposo, pero ¿podía ignorar lo que estaba pasando bajo sus propias narices? ¿Consuelo sabía pero callaba? ¿Sospechaba pero no se atrevía siquiera a formularse a sí misma esa luctuosa intuición? Viendo que Carmen volvía a perder peso y ánimos, un mediodía Consuelo le preguntó, ladeando la cabeza blanca:

—¿Estás bien?

—Sí, ¿por qué? —se sobresaltó mamá.

—Te veo mala cara —los ojos grises de mi tía abuela la escudriñaban. Carmen parpadeó unos instantes, y entonces Consuelo le enterró el cuchillo—: ¿Alguien te está haciendo algo?

Mamá dudó un segundo, pero luego negó, y la tía suspiró y cambió de tema. La tía no iba a creerle. Nadie iba a hacerlo. Marcelino era, ante el mundo, un gentleman, y ella una huérfana de toda orfandad que se había sacado la lotería. Cuarenta y cinco años después, una tarde en un café de Belgrano donde ahora toma el té los domingos con sus viejas amigas españolas, mamá contó por fin el temible secreto, y tuvo que remontar la incredulidad de algunas: Marcelino quedó en el recuerdo como el paradigma de la corrección y la bondad. Yo, sin saber lo que había ocurrido, viví dieciocho años con el cariñoso tío de mi madre, lo llamé «abuelo» y está asociado a los momentos más felices de mi infancia. Era correcto y era bondadoso, y también era un monstruo: eso siempre me recuerda que todos podemos ser a la vez héroes y canallas.

Al final de una persecución incansable, llena de pequeños roces y espeluznantes ratos, una tarde Marcelino se le tiró encima y mamá creyó por fin que sería violada. Fue entonces que la cara se le puso lívida y que le salió de adentro la lava de los tiempos salvajes. Lo agarró mal parado y le dio un fuerte empujón, y el tío se cayó al piso.

—¡Me voy a matar! —le dijo ella de corrido—. Voy a escribir una carta para Consuelo y otra para los demás. Las voy a esconder para que las encuentren cuando me tire al río en la Costanera, y para que todos se enteren de que usted es una mierda.

Dio media vuelta, subió las escaleras y buscó una bocanada de aire fresco en la terraza. Luego esperó que sucediera lo peor, pero nunca más sucedió nada. El horror a un escándalo paralizó a Marcelino, quien dejó de perseguirla, y jamás volvió a hablarse del tema en Ravignani 2323. Carmen guardó los detalles de esa pesadilla en un cofre imaginario y se tragó la llave, y mi padre, que convivió con ese hombre tres décadas bajo el mismo techo, se enteró de la bajeza recién cuando Marcelino fue sepultado en la Chacarita.

La adolescente desamparada tenía el fuerte mandato de querer a sus mecenas, y ellos de instruirla. Y se puede decir que ambos cumplieron su papel con exactitud aunque sin verdadera vocación. A lo largo de la vida, la falsa imagen que ciertas personas proyectan de sí mismas es tan exacta y verosímil que terminan creyendo en ella. Se puede decir que mamá quiso mucho a sus tíos, y que también los odió por su egoísmo y su afecto utilitario, mientras que ellos simularon amarla, y que también se beneficiaron usándola de criada y de adorno. Fue una especie de inconsciente cruce de conveniencias bajo la fachada del amor filial. Parece, sin embargo, más cruel de lo que resultó: muchísimas relaciones maravillosas están sostenidas subterráneamente por ese sutil canje de favores, y puedo anotar en mi cuaderno veinte actos nobles que mamá y sus tíos se prodigaron en el transcurso de esas décadas.

La instrucción de mi madre, para empezar, fue determinante. Los tíos le enseñaron a hablar y a manejarse con propiedad, la interesaron por el espectáculo y también por la política, por el bordado y por la música; le pagaron un curso de dactilografía en la Pitman y una profesora particular de corte y confección. Marcelino se decía socialista de Alfredo Palacios y era, discretamente, enemigo del peronismo. Mamá leía en la escuela *La razón de mi vida* y cuando Evita murió de cáncer llevó crespón y fue conducida en ómnibus escolar hasta el Congreso, subió unas escaleras y vio de cerca el ataúd con aquella fantástica muñeca dormida. No entendía mucho, pero veía llorar a los *cabecitas negras* y, a pesar de los desdeñosos comentarios que se pronunciaban en el living de su casa, Carmen asociaba a esa mujer con el esplendor, y supuso que si los pobres morían de pena, ella debía acompañarlos en el sentimiento. No siempre fue así: los españoles desarrapados despreciaron a los «negros» del interior en cuanto pudieron hacer pie, y los españoles que se quedaron en la madre patria despreciaron a los sudacas que osaban regresar en cuanto la economía europea rescató a España del quebranto. Todo es hijo del miedo, la estupidez humana también.

Buenos Aires, en plena revolución peronista, era un despilfarro, y los tíos se jubilaron en 1952, jóvenes y en buena posición y con una pensión holgada. Y entonces mamá pidió permiso para buscar trabajo, y estuvieron quince días sin hablarle. *Te trajimos para que nos acompañaras, no para que hicieras rancho aparte,* le dijo Marcelino en el final de esa veda. *Quiero ganar algo de dinero para mandar a casa,* respondió Carmen. Pudo haber dicho: *Y para ahorrar la plata del pasaje de vuelta*. Pero no lo dijo porque ya hacía un año, al insinuar sus deseos de regresar a Almurfe, el tío había sido contundente: *Ni sueñes con que te vamos a pagar ese viaje. Y con tu padre no puedes contar para nada, así que de esto no se habla más*. Marcelino denostaba a José de Sindo donde y cuando podía, y a mamá le llegaban siempre rumores de que el carpintero había progresado y tenía mucha plata. Pero Boulogne, donde había abierto la carpintería, quedaba demasiado lejos en todos los sentidos posibles. Y no había tentaciones ni desavenencias ni educación ni esplendores peronistas ni calores humanos que lograran domesticar la nostalgia de aquella inmigrante constitutiva que seguía pensando en una sola cosa: volver.

Los tíos no pudieron defender durante mucho tiempo las posiciones, y mamá entró como aprendiz en la sastrería Sporteco y empezó a bailar los fines de semana en el Cangas de Narcea. Con los primeros ahorros compró ropa y zapatos para María del Escalón y sus hijos, y fue a despachar el paquete por Villalonga Furlong, pero en aquellos tiempos no se permitía enviar productos nuevos, así que tuvo que salir a la calle y raspar las suelas para que parecieran usadas. Una noche de sábado y valsecitos se le hizo media hora tarde y Marcelino la esperaba con gritos, amenazas y recriminaciones. Temblaba la casa entera, y mamá tomó un bolso y empezó a guardar sus cosas. Consuelo, llorando y acariciándole el pelo con sus pequeñas manos rugosas, la hizo entrar en razones: *Ya sabes cómo es* —dijo en voz bajísima—. *Es un dictador. No nos dejes, Carmen, no nos dejes solos.* Mamá la abrazó y lloraron juntas, y juntas desarmaron el equipaje.

Todos los veranos acompañaba a los tíos a Tandil o a Capilla del Monte, donde alquilaban cuartos con cocina en posadas apacibles. Consuelo le enseñó a andar en bicicleta y Carmen pedaleaba contra el viento mirando las sierras y los verdes, y le gustaba creerse en Asturias. Durante uno de aquellos febreros razonables que ya no existen, un muchacho se enamoró de ella.

Se llamaba Luis y era hijo de una familia de Hurlingham. Un morocho pálido y afectuoso que la festejaba, casta y lentamente, mientras sus padres departían con Marcelino y Consuelo sobre las vicisitudes del país. Una tarde, los tíos y la sobrina bajaron paseando al río y se chocaron con una hilera de diez eucaliptos tallados a mano: en cada uno había un corazón y una flecha, y una «Carmen» y un «Luis» escritos con navaja y paciencia sobre el tronco.

Mamá sabía del amor de oídas, y por momentos se sentía completamente enamorada, pero en realidad no estaba segura. Marcelino terció de una manera quirúrgica: *No voy a negar que no sea un buen muchacho, Carmen. Es un buen muchacho y viene de una buena familia. Pero tiene problemas de pulmón, un principio de tuberculosis. Por eso lo trajeron a Córdoba. No te conviene. Uno siempre termina cuidando enfermos*. Consuelo, que no estaba convencida, se sumó a la ofensiva cumpliendo órdenes, y todo terminó como había empezado. Era un romance de verano, se dieron un beso en la mejilla y Luis, atragantado, le dijo: *Nunca voy a olvidarte.*

Carmen, en el juego de la hija inexperta, les adjudicó durante años a los tíos la autoridad de saber mejor que ella misma lo que le convenía. Luego, como todos los hijos, un día se rebeló contra esa autoridad y rompió con violencia ese contrato, y al final fue madre de sus tíos pero no pudo evitar ser manipulada por ellos hasta la antesala del final.

Los tíos se hicieron ancianos, y Consuelo padeció arteriosclerosis y empezó a perder el juicio, y los médicos le diagnosticaron a Marcelino un cáncer de próstata. La tía era un peligro en la casa: dejaba el gas prendido y la puerta de calle abierta.

Carmen y Marcelino temían que un día se lastimara, o saliera y la atropellara un colectivo, o que se extraviara para siempre en el laberinto de Palermo. Vivía en un limbo, y cuando hubo que internar al tío, mamá pidió una licencia y vivió meses atendiendo a la vez los dos desastres.

Le consiguió a Marcelino una cama en el Hospital Español, y lo acompañó día y noche, mientras él aullaba de dolor por culpa de las metástasis que avanzaban sobre su columna vertebral. Luego internó a Consuelo en una clínica geriátrica. Y se dedicó a los dos con alma y vida, rebotando de un lado a otro como un zombi.

Llenísima de preocupaciones y de aire fúnebre, una nochecita fue a cruzar las vías de Arévalo y escuchó que alguien gritaba dos palabras. Y que cuatro o cinco peatones, desde la barrera, le hacían un desesperado coro, y que esas dos palabras eran «cuidado» y «señora». Al igual que en aquel primer día a bordo del buque Tucumán no se dio por aludida, y de pronto abrió los ojos y se paró en seco, y el tren le pasó rozando la frente, atronándola y haciéndola tambalear con su rugido y con su caliente aliento de dragón. Cientos de personas murieron en esas vías por culpa de esa maldita curva. Pero aquel día la muerte le pasó de largo a mi madre, y al poco tiempo la muerte se apiadó de Marcelino y le dio su tiro de gracia.

Papá fue a buscarme a los cuarteles de Palermo, lo dejaron entrar hasta el Comando, donde yo cumplía la conscripción, y me dio la noticia. Le pedí que me esperara en el playón y toqué la puerta del capitán de mi compañía. El capitán me hizo pasar, yo junté los talones y le hice la venia. Luego dije: *Pido permiso para salir, mi capitán. Me informan que acaba de morir mi abuelo.* Tenía que seguir hablando, pero grande y recio como era, firme y todo, vestido de verde oliva y de pie frente a mi superior, el llanto me sacudió como un viento rasante. El capitán se puso colorado y me dio salida.

Marcelino murió en 1980 y Consuelo nunca lo supo. Completamente confundida, nos decía que le faltaba alguien. *Me falta mi hermano,* le aseguró un día a Carmen con total convicción. Marcelino había sido el hermano dominante de toda una vida. Un año más tarde la tía sufrió, como Mino, una hemiplejía, y quedó sin habla y sobrevivió cuarenta y ocho días finales hasta que se apagó.

Mamá, como tantas veces, no supo definir sus sentimientos. Lloró a sus tíos, pero evocó sus maniobras y mezquindades, y también su nobleza, y tuvo la impresión de que la realidad no era plana ni justa. La realidad, como la Tierra, era redonda y llena de caras, y de luces y de sombras, y siempre giraba.

Se tiró en el sofá, a descansar de tanta agonía y tantos pésames, y cerró los ojos. Y vio a Marcelino y a Consuelo en la sala de Ravignani. Los vio hasta en sus mínimos detalles. Estaban sentados en los sillones de cuero color crema, y escuchaban con mucha atención los argumentos de un visitante que tomaba café negro y movía lentamente los brazos. Mamá, a punto de dormirse, pestañeaba. Era un hombre atractivo, parecía un actor de cine y hablaba con el corazón. Venía, en cierto modo, a pedir su mano. Ella en el presente casi dormía, y en el pasado llegaba atrasada de la Pitman y se los encontraba a los tres, alrededor de la estufa, conspirando sobre su futuro.

El reloj de Marcelino Calzón dio, en alguna de las dos orillas del tiempo, la última campanada. Y entonces mamá reconoció a Marcial.

6. Marcial

¿Por qué habrán hecho pájaros tan delicados
y tan finos como esas golondrinas de mar
cuando el océano es capaz de tanta crueldad?

Ernest Hemingway

Ahora que es jubilado y displicente, se considera a sí mismo un millonario sin plata. Cultiva, entre otras muchas rarezas, una ciertamente asombrosa: aprendió a ser feliz con muy poco. Ese estoicismo, que saca de las casillas a mamá, se parece tanto a la pasividad que sólo un experto podría diferenciar una cosa de la otra. Nunca fue un águila de los negocios, y todo lo que obtuvo fue con tracción a sangre, sosteniendo el dogma de que *el sacrificio es lo más grande que hay,* y gracias a la visión emprendedora de Carmen, que condujo el barco en medio de la borrasca y lo llevó a buen puerto. Para hacerlo, mamá tuvo que meter el cadáver de su propio pasado en el placard, mutar gestos e idiomas y adoptar una nueva cultura. Mi papá, en cambio, se quedó detenido en las épocas y los decires de cuando se hizo hombre a orillas del Cantábrico. Eligió así vivir para siempre los míticos años de la juventud, y hoy que es un viejo es un joven a quien las arrugas no pueden alcanzar.

Papá resultó ser nieto de labradores e hijo de un herrero asesinado en Normandía. Desde años inmemoriales los Fernández y los García vivieron en Barcia, un pueblito marino aledaño a un pintoresco puerto sitiado por pinos y ubicado a cien kilómetros de Oviedo. Luarca es una playa, un jardín, un bullicio, un ir y venir de barcos de colores, y es sobre todo el aroma cambiante de los claveles, las rosas, el atún fresco y el congrio. Barcia siempre fue, en cambio, un barrio agrícola que le sigue perezosamente los pasos.

Nicasio, mi abuelo paterno, tenía treinta y seis años y tres hijos de un anterior matrimonio cuando enamoró a una chica de dieciocho que se llamaba Valentina. Los tres hermanastros de papá siguieron viviendo en casa de su abuela, que era una mujer recelosa. Una de esas hermanastras murió de tuberculosis en su propia cama, y Pepín, el menor, fue destrozado por un cañón en la batalla de Teruel. Sólo quedó en pie mi tía Justa, que conocí cuando a los ocho años mamá me subió de la mano a Barcia por un sendero de hierbas y sembradíos.

El viudo, promediando la década del veinte, aceptó en préstamo la casa de un amigo, reincidió con Valentina y la embarazó nueve veces, si se cuentan dos mellizos que nacieron muertos. El mayor de los hermanos se llamó Ramón, y se dedicó a la pesca. El segundo fue Balbino, que murió joven de una enfermedad pulmonar contraída en las minas asturianas. El tercero resultó Ángel, un hombre invencible al que venció un cáncer prematuro. El cuarto fue Marcial, y siguen las firmas.

La vieja casa tenía anexado un taller donde Nicasio fabricaba cuchillas, hoces y guadañas para vender en las ferias. Era un tipazo de anchos hombros, fuerza descomunal y pulso firme que dominaba por igual los metales y los caballos. Los fines de semana se emborrachaba, pero nunca perdía los estribos. Un sábado de vinos le apostó a un parroquiano que él podría montar a su yegua indomable. La rodeó despacio, la tomó de las crines, le murmuró unas palabras y la montó de un salto: entró con ella a la taberna y la frenó sobre el mostrador en medio de escándalos y risas.

Los hijos aprovechaban esas pequeñas distracciones para eludir el trabajo y correr por los maizales hasta la playa. Jugaban a la pelota y nadaban un largo rato. Nicasio los esperaba siempre con los rigores del cinturón. A papá lo metieron, para enseñarle a nadar, en un pequeño bote mar adentro y lo empujaron al agua. La desesperación, en casa de los Fernández García, siempre fue buena didáctica.

Una tarde, ya adolescente, Marcial comprobó que la mar no era inofensiva. Transpirado como estaba, luego de descargar papas en un prado vecino, se quitó la ropa y se arrojó al océano. Nadaba normalmente mil metros hasta una roca, descansaba unos minutos y volvía sin despeinarse ni forzar el aliento. Pero a mitad de ese extraño atardecer, con la playa desierta y sin embarcaciones ni seres humanos a la vista, papá se dio cuenta de que los músculos no le respondían y que jamás alcanzaría la piedra. Se dio vuelta como si un carguero le colgara de la cintura, y braceó hacia la tierra con todas sus fuerzas. A las cincuenta brazadas lo acosaron los calambres y le faltó el aire, y con fría lucidez percibió que nadie podía ayudarlo y que se ahogaría. No quiso imaginar la muerte, pero resulta que esa estúpida se le metía por la boca, por la nariz, por los ojos y por las orejas. Arremetió, como luego haría con la vida, ciegamente hacia adelante, suspendiendo las esperanzas y los conflictos, y cerrado a todo pensamiento inútil. En algún momento hizo pie pero desconfió de la marea y de su propio equilibrio, y llegó arrastrándose a la orilla, y gateó en cuatro patas por el barro hasta la arena seca, y sólo entonces se tiró boca arriba.

Mi abuelo, que nunca se enteró de esa travesura mortal, era jefe de un comité que ayudaba a los pobres. Cuando se desató la Guerra Civil, tuvo la certeza de que los falangistas vendrían a degollarlo. Como decía Quevedo, no quedaba entonces más que batirse. Reunió a toda su familia y les explicó a los hijos que tendrían que cuidar de su madre, y le advirtió a Pepín que no se alistara de voluntario ni para comer. Pepín era valiente, pero la suegra de Nicasio le metía en la cabeza las ideas del franquismo. Nicasio ignoró los odios de esa mujer y ni siquiera intentó modificar las inocentes convicciones de su primogénito. Echó su bolsa al hombro, abrazó a todos, se unió a un grupo de veinte republicanos y juntos se fueron caminando en silencio a los montes y a la batalla. Pepín, poco después, se alistó en el bando contrario, y es un milagro que padre e hijo no se hayan enfrentado a los tiros en los campos de combate.

Un mediodía Marcial vio llegar al alcalde y entrar en la casa de su hermanastra para darle una mala noticia. Y escuchó a Justa pegando gritos de locura y de miedo. Pepín había muerto en Teruel, los fragmentos de su cuerpo habían quedado diseminados por los terrenos de la infantería y no podía dársele siquiera cristiana sepultura.

El amigo de Nicasio que les había prestado la casa fue encarcelado junto a muchos otros, y todos los días fusilaban a cuatro o cinco vecinos. Lo salvó la influencia policial que tenía un ricachón de alma reblandecida. El amigo de mi abuelo conservaba su hacienda y, para que no agonizaran de hambre, les ofreció a Valentina y a sus hijos todo lo que guardaba en su hórreo. Así se denomina a una suerte de granero de altos pilotes y tejas a cuatro aguas donde se guardan, a un par de metros de altura, los frutos de la tierra. El primer hórreo que vi en mi vida era una caricatura vacía que tenían, y tienen como emblema, en el Centro Asturiano de Buenos Aires, esa Asturias de ficción donde los desterrados simulan vivir en aquel tiempo y en aquella patria.

Fue gracias a ese hórreo que los Fernández García, *trapos y porquería,* los parientes más escuálidos de Barcia y sus confines, sobrevivieron al hambre de la guerra y a la orfandad. Llevaban una vida austera y silvestre, se bañaban en un riacho, cagaban entre arbustos y se limpiaban con plantas. Y eran permanentemente acosados por el franquismo triunfante: la novia de Pepín, luego de los breves lutos, se refregaba con un guardia civil, y lo alentaba en secreto a que registrara una y otra vez la casa de Nicasio. El amante, con fusil y pequeña tropa, le daba el gusto: cada semana requisaba a los Fernández García y preguntaba por el ausente. Valentina, impotente ante tanto atropello, tomó un día las cartas y fotos que su marido les enviaba desde el frente, y pidió hablar con el jefe del verdugo. El capitán comprendió que mi abuelo no estaba escondido en el monte y muchísimo menos que se refugiaba de tanto en tanto en su propia casa, y percibió también que el guardia civil actuaba por motivaciones personales. Le ordenó que dejara en paz a esa familia, y así fue como el buitre se dedicó por diversión a otras presas. En una peña, quiso sobrar una noche a unos montañeses y éstos lo mataron a puñetazos y lo tiraron desde lo alto de un puente.

La primera carta que Nicasio escribió empezaba diciendo: *Cuántas veces pensé en vosotros.* Eran misivas rápidas y cariñosas que burlaban el cerco y mostraban a un hombre que no empuñaba armas sino herramientas: remachaba puentes, reparaba pistolas y bayonetas, y trabajaba el hierro fundido de los rebeldes en toda España. Luego, perseguido en la derrota, cruzó junto a otros la frontera y se refugió en una granja francesa. Allí lo sorprendieron la Segunda Guerra Mundial y el desembarco de Normandía. Un día las cartas cesaron y se sobrentendió en Barcia que Nicasio había muerto. Un abogado, varios años después, le confirmó a mi abuela que el cadáver había sido enterrado en una fosa anónima a pocos kilómetros del mar del Día D, y muchos trámites y lustros más tarde el Estado alemán admitió la responsabilidad e indemnizó a Valentina con una pensión.

Pero nadie podía asegurar nada en aquellos tiempos siniestros. Un ciudadano de Luarca que había partido a la lucha fue dado por muerto luego de varios años de desaparición. Su mujer, creyéndolo en el cielo, se casó con otro asturiano. Cuando el primero regresó y descubrió la desgracia, tomó sus trapos con la resignación del destino y se marchó para no empeorar las cosas. Mi abuela Valentina, que al final era afecta a los culebrones, me lo contó pelando una pera con la misma indolencia con que se cuenta la reaparición de un lunar.

Su familia aguantó como pudo las manifestaciones de los franquistas de primera y última hora que festejaban la recuperación de Oviedo o la toma de León, parando frente a cada casa de cada republicano y dedicándole cantos amenazantes y fieros insultos. En la calle, en la escuela, en el campo o en la mar, los hijos de los vencedores degradaban a los hijos de los vencidos con un epíteto. *¡Rojos!,* les gritaban. Papá y sus hermanos no se sentían rojos ni blancos, y estaban tan lejos del marxismo leninismo como de la Argentina, pero reaccionaban con puños, patadas y codazos. Marcial recuerda peleas colectivas de a decenas, espalda con espalda y rompiendo narices y bocas, y volviendo alegres y sangrantes por el prado, mientras cantaban: *Ellos eran cuatro y nosotros ocho. Qué paliza les dimos, qué paliza les dimos... ellos a nosotros.*

A los quince años Marcial plantaba eucaliptos en el gigantesco vivero de Luarca y a los dieciséis abría cuevas para los grandes pinos a sueldo de la Forestal. A los diecisiete, temblando de miedo, mintió la mayoría de edad a un capataz falangista para que lo tomaran en el Ferrocarril. Pico y pala, y luego ayudante de barrenero. Aquel trabajo era emocionante: había que aprender a manejar la dinamita y abrir túneles en las montañas de granito. Marcial encendía las mechas y echaba a correr, y de pronto el mundo se venía abajo: polvo y piedras lo alcanzaban, y los oídos parecían estallar. A esos juegos debe una lesión crónica en el pulmón y una sordera mal disimulada.

Una mañana el capataz hizo mal los cálculos, la explosión provocó un derrumbe y papá y su compañero de mecha quedaron atrapados en la oscuridad y en el dolor. Sacaron a Marcial con un tajo en la frente y una hendidura en el cráneo. Aturdido, percibió que su compañero seguía adentro y volvió a buscarlo con un farol. En la penumbra, y a los gritos, vio las piernas y tiró de ellas. Su compañero vivió y festejó su buena fortuna, pero murió al poco tiempo por culpa de los golpes y quizás también por ese enfermizo polvo de sílice que las precarias mascarillas de entonces no repelían.

Papá era apuesto y muy buen bailarín, hechizaba a las chicas de los pueblos, pero no llegaba muy lejos porque no resultaba un buen partido. Era Marcial de Valentina, y eso en la región sólo podía significar una cosa: mucha pinta y poco cobre. Se anotó en la Marina, tuvo dos meses de instrucción y navegó dos años en el crucero Galicia, un buque de 175 metros y 650 tripulantes. Aquella aventura lo llevaría a las costas del África y a todos los puertos de España, Canarias y Portugal, y templaría definitivamente este carácter impasible de héroe de película. Hay que decirlo: mi padre admiraba y se parecía a Tyrone Power, el torero trágico de *Sangre y arena* y el vigoroso espadachín de *El cisne negro*. No cargaba capa, ni muleta ni espada, y jamás enamoró a Rita Hayworth, pero aprendió a usar el máuser, se dejó el bigotito de Diego de la Vega y se recibió de galán serio en Vigo, La Coruña, Cádiz y Ferrol. Bien es cierto que sus máximas alegrías las tuvo en casas de citas, a quince pesetas la hora, pero el impecable uniforme blanco le había refinado la estampa y a partir de entonces le sobraron novias y problemas sentimentales.

A bordo lo llamaban «Asturias», practicaba boxeo con unos vascos y un día en el sollado le rompió la mandíbula a un gallego que lo azuzaba. Sólo una vez en toda esa temporada supo lo que era el miedo en el crucero Galicia. Fue precisamente en la costa gallega. Marcial hacía guardia en el puente y una furiosa tempestad levantó olas monumentales y entornó el barco. La tripulación bailó durante horas y las ráfagas huracanadas amenazaron con enviar a ese inmenso acorazado al mismísimo fondo del mar. Las cadenas se rompieron y desde su puesto papá vio cómo uno de los botes laterales se desprendía y cómo el viento lo alzaba graciosamente en el aire y lo empujaba contra los vidrios de la oficina del comandante. Los vidrios se pulverizaron y la odisea continuó horas y horas, que parecieron días y semanas, hasta que el peligro se aventó y la mar les franqueó el paso.

Regresó de la mili con trabajo asegurado en La Terma S. A., pero su hermana Luisa, y por ende su madre, estaban entusiasmadas con la idea de vender lo poco que tenían y seguir el camino de sus tías, quienes se las rebuscaban en cierta ciudad que crecía sobre el Río de la Plata. Los hermanos estuvieron de acuerdo, pero Ramón se había casado y dijo que se quedaba. Se quedó, y fue muchas veces a la pesca del bonito en las costas de Francia, y pescar fue su vida. Y puedo decir que ahora está muerto, pero que yo dormí alguna vez en su maravillosa casa, al borde de un acantilado que visitan de mañana y de tarde las gaviotas.

Cuando tenían todo arreglado para viajar, y ya no había retorno, el cónsul argentino se puso meticuloso con la visa. Despachaba a cientos de asturianos por hora y se daba el lujo de poner objeciones ridículas. Eran tan ridículas que parecían el cebo de alguna coima. El cónsul detectó un dedo mocho en la mano izquierda de Valentina y decretó que esa lesión la hacía inútil para el trabajo, y por lo tanto inviable para emigrar. Sin dinero, sin tiempo y sin chances, Marcial recurrió a su prima, que era cocinera del gobernador, y éste fue magnánimo y ejecutivo. El cónsul reculó y firmó los papeles a regañadientes, y el buque de carga Entre Ríos los llevó a la otra orilla del mundo.

Acamparon en un departamento de planta baja del barrio de Palermo, apretadísimos por el espacio, que compartían con tías y primos, y apremiados por encontrar empleo. Algunos consiguieron conchabos en la gastronomía. Luisa se anotó en la fábrica de medias Reina Cristina, que quedaba en Bonpland y Honduras. Y papá, luego de cargar cajones en la Bieckert, aprendió a fabricar caños y fue oficial de radiadores en una planta de la calle Arévalo.

Palermo, que en la primerísima oleada de inmigrantes había sido invadido por calabreses y napolitanos, cobijaba en los años cuarenta a la gran familia española. A eso se debió, en parte, que Carmen y Marcial se tropezaran en el Cangas de Narcea y le dieran una nueva vuelta de tuerca a esta historia. Pero no es menos cierto que, en cuanto pudieron levantar cabeza, la viuda y los hijos de Nicasio alquilaron un departamento amplio en la calle Montiel y se fugaron a Mataderos. Quedaron en el barrio papá fabricando radiadores y mi tío Ángel, que todavía es una leyenda por los cafetines de Córdoba y de Niceto Vega. Ángel manejaba un camión de larga distancia y tenía fama de camorrero. Cierta vez tuvo un roce con un chofer italiano y le rompió la cara con una llave inglesa. El italiano fue a parar al hospital y mi tío a la comisaría, y luego se hicieron íntimos amigos. El tano mostraba con orgullo la tremenda cicatriz que le había dejado, y solían jugar juntos al billar y tomar fernet en las tardes bucólicas.

Ángel no tenía caso. Fumaba cien cigarrillos por día, levantaba a pulso una mesa de pool para ganar una apuesta, volvía con la camisa rota y ensangrentada de la cancha, se rebelaba contra los vigilantes y cada dos por tres la empresa tenía que ir a rescatarlo de alguna seccional. Articulaba una risa mefistofélica y aguardentosa, y vivía en un conventillo con una mujer desorientada y enigmática que terminó en un neuropsiquiátrico. De chico yo lo admiraba y le temía. Con un cuchillo era capaz de la más sofisticada artesanía: una noche quedé fascinado por un barco de madera que había construido hasta en sus mínimos detalles. Era un transatlántico del tamaño de su brazo, pintado de blanco y de azul con pincel y paciencia. Aquel hombre violento era un delicado artista. Me vio los ojos tan grandes que me regaló esa miniatura que yo atesoré durante años, hasta que la grasa del tiempo y la humedad del olvido la enmohecieron y astillaron. El cáncer terminal y la esquizofrenia de su esposa se declararon simultáneamente, y no puedo recordar qué se dijo en su funeral.

Marcial fue muy amigo de su hermano, a quien perdonaba por sus desmesuras, pero pertenecía a otra especie del género humano. Papá era un jornalero de trabajos forzados de día y un caballero impoluto de noche, un príncipe en las veladas sociales y un esclavo en las labores diarias. Permitía que, como la mar, el destino tomara decisiones en su nombre, sabiendo de antemano que es ilusoria la autodeterminación de los individuos, y se dejaba llevar así por las corrientes marinas. A ese fatalismo se debe la mansedumbre con que aceptó trasplantarse, huir frívolamente de su tierra y padecer cincuenta años de añoranzas. Intuyó alguna vez que a mayor conciencia mayor desdicha, y que no debía preguntarse demasiado, puesto que todo a nuestro alrededor, salvo la muerte, suele ser niebla, confusión y engaño. Hay que bracear sin esperar nada, barrenar el granito sin miedo al derrumbe y mantenerse firme en el puente hasta que amaine el temporal. Puede ser que, con un poco de suerte, la vida nos permita gatear en las orillas y derrumbarnos por fin al sol.

Papá sostenía, como cualquier inmigrante, que se avanzaba sufriendo, y que por lo tanto sufrir es avanzar. Pero cedió el timón a Dios, al azar y a mi madre, se hizo inmune a las grandes ambiciones y a pesar de los dolores de cabeza que le esperaban supo construirse este pequeño manual de felicidad personal del que jamás se apartó. Fue entonces feliz a pesar de que odiaba a los argentinos, quienes trataban despectivamente a los españoles, y también a la República Argentina, culpable de no ser Asturias. Lidiaba con mi país de lunes a viernes, pero reverdecía con el suyo los sábados y domingos: mi padre se hizo ciudadano ilustre de una patria fantasmal construida por la colonia argentina de asturianos. Gracias a esa secta sufrida, en sus pistas y dominios, Tyrone Power pisó fuerte y sedujo a unas cuantas antes de seducir a Carmina.

Le tocó suavemente el brazo y salieron a bailar un pasodoble que digitaba con entusiasmo la orquesta de Feito: una gaita, un clarinete y un enérgico tambor. Mimí bailaba con una compañera de Sporteco y los relojeaba de tanto en tanto, y su hermano Jesús se sintió un día en la necesidad de advertirle a Marcial que Carmen tenía unos tíos muy severos y que no podía esperar más que reparos y zancadillas. Papá se encogió de hombros y le respondió: *No me importa.* Creo que con el correr de las semanas se había enamorado. Le propuso a mamá noviazgo mientras Feito tocaba *La española cuando besa.* Mamá, que nunca había besado, le dijo sin convicción: *De eso nada.* Y pronto se casaron.

7. Mary

Los seres humanos perdemos la vida buscando cosas que ya hemos encontrado.

Tomás Eloy Martínez

Cuarenta y cinco años después de aquella primera declaración de amor, mis padres no lograban otra cosa que permanecer juntos bajo el mismo techo. El salitre de la vida los había desgastado, y lo suyo no pasaba, como tantas otras parejas marchitas, de una solidaridad otoñal, una vieja costumbre que no tenía estridencias ni remedio. Sintonizaban frecuencias diferentes, y cada uno hacía con sus años finales, y en libertad condicional, lo que se les venía en gana. Sin embargo, las antiguas lesiones pulmonares de Marcial lo acababan de mandar a la Clínica Bazterrica y Carmen, buena samaritana, le había prestado más atención y servicio. Luego papá, convaleciente, en reposo obligatorio y lejos de sus partidas de tute cabrero, parecía en su casa un león enjaulado. Durante el ominoso atardecer del miércoles 24 de enero de 2001, él sintió los deseos irrefrenables de respirar aire puro y ella consintió, luego de muchísimo tiempo sin salir solos a ninguna parte, en acompañarlo a tomar un doble y un cortado en el café Las Azucenas.

Sobre la avenida Santa Fe y a metros de Humboldt, nada queda ya de un estrecho quiosco de cigarrillos y golosinas que solía venderles, en su época de novios, pequeñas novelitas usadas. Mamá seguía a Corín Tellado y papá a Marcial Lafuente Estefanía. Romances baratos y disparos de mentira. Mis padres eran, más de lo que hoy son capaces de admitir, intensamente felices. Y se les cruzó por la cabeza ese dulce recuerdo aquel miércoles negro al elegir una mesa apartada y al romper con ese simple acto las reglas universales de la mutua indiferencia.

Dios, completamente asombrado, desató un diluvio.

Cayeron en ese preciso momento, y durante una hora y media, ochenta milímetros de agua, el arroyo Maldonado inundó Juan B. Justo y partió a la ciudad en dos, y la lluvia anegó el subsuelo de un geriátrico de Belgrano R y ahogó a cuatro ancianos. Carmen y Marcial sólo querían pasar un rato para después volver a la nada, pero Puente Pacífico se volvió un caos, el agua subió por los escalones de Las Azucenas y rompió los vidrios, y atrapados en el paraíso perdido no pudieron más que mirarse frente a frente y ser por unas horas los que habían sido.

Habían sido aquellos enamorados del Rosedal, aquellos bailarines esbeltos y también aquellos muchachos de matiné que miraban con calcado fervor los gestos impenetrables de Gary

Cooper y los gemidos melodramáticos de Antonio Molina. Novios azarosos de fines de los cincuenta, flores de jardines lejanos.

Mamá jura aún hoy en día que no estaba chiflada por aquel hombre apuesto, pero admite que se dejaba llevar por el juego más viejo del mundo: el príncipe azul al rescate de la princesa capturada por sus malvados tíos. Nada de eso resultaba cierto ni creíble, todo era ensoñación juvenil, pero de esas utopías secretas nace a menudo el amor, y de esos débiles eslabones devienen fuertes cadenas. Los defectos provisorios de la vida son al principio una gelatina, luego una masa, después un cemento, al final una piedra.

Más que la pasión, mis padres recuerdan la risa: se reían de todo y les brillaba la vida durante aquel noviazgo largo, leve y sin disidencias. Carmen se había tomado varios días para responder si aceptaba pero, cuando finalmente lo hizo, Marcial la llevó del talle y del brazo por una alfombra mullida.

Una tarde la cosa pasó a mayores. Marcial tocó el timbre de Ravignani creyendo que, como siempre, Carmen saldría cambiada, perfumada y lista para el paseo, y se encontró con que los tíos le decían que estaba demorada en mecanografía y que entrara a conversar un rato. Se sentaron en el living, junto a la estufa, y los ancianos lo interrogaron amablemente sobre su árbol genealógico y sobre la misteriosa conveniencia de fabricar radiadores.

—Miren —les dijo Marcial—, quiero que sepan que esto va muy en serio y que pienso casarme con Carmen. Aunque, como comprenderán, todavía no estoy en condiciones.

Los tíos comprendían. Las «condiciones» de las que hablaba el novio eran tristemente económicas, y mientras la novia no venía los tres debatían sobre el rumbo que ella debía tomar, pero cuando la novia llegó cambiaron de tema. Al día siguiente, mientras desayunaban, mamá les preguntó qué les había parecido. Marcelino fue, una vez más, quirúrgico y lapidario: *Es un buen muchacho, pero no tiene futuro.* En esta ocasión, sin embargo, Carmen se mantuvo en sus trece y el asunto se le escapó a Marcelino de las manos: papá presentó a mamá a toda su familia durante una fabada en el Centro Asturiano, y la caravana de la boda se puso en movimiento.

Consuelo le hizo ver a su esposo que no tenían argumentos objetivos para resistirse, y ambos se pasaron semanas y semanas refunfuñando una pena. Algunas veces Marcelino le rogaba a su sobrina que lo pensara mejor, y de hecho la obligaron a escribirle a María del Escalón una carta a seis manos en la que quedaran en claro todas y cada una de las circunstancias. Mi abuela respondió, dos meses más tarde, que confiaba en el buen juicio de Carmina y de sus tutores, y que fueran felices y comieran perdices.

Asevera mi madre que casi no se dio cuenta de que ese matrimonio combatido era como una araña que tejía una tela sólida e invisible alrededor suyo, y que, una vez consumado, ella quedaría atrapada para toda la eternidad en sus redes. Nunca estuvo tan lejos de volver a su patria como en aquellos momentos equívocos. A veces no vemos, otras no queremos ver lo que nos está pasando. Volteamos irresponsablemente las piezas del dominó creyendo que no es un juego inteligente y que el destino es un azar voluntarioso. Muchos piensan, como pasa con el destino, que el dominó es un juego zonzo y que se lo puede jugar pensando en cualquier otra cosa. El dominó es, en realidad, una especie de ajedrez. Hay que imaginar los próximos cinco movimientos y prever las artimañas de los contrincantes. El destino, sin una lucidez histórica, es habitualmente una trampa anunciada. Las piezas fueron cayendo una a una mientras mi madre dormía con su cabeza de novia, y cuando despertó descubrió que estaba casada y endeudada, que tenía dos hijos y que ya era completamente imposible volver la partida atrás y regresar al pueblo adonde pertenecía.

Una noche de lluvia tropical, Marcial les explicó a los tíos en las banquetas del patio, bajo el toldo de lona, que la situación era irreversible. Y los tíos se pusieron de rodillas para que su sobrina no los abandonara. *No nos dejen, qué vamos a hacer, quién va a cuidarnos.* Marcelino, lagrimeando, ofreció edificar en la terraza un dormitorio, un baño y una cocina, y pidió a cambio que ellos corrieran con la mitad de los gastos. Usó argumentos familiares, sentimentales, comerciales, arquitectónicos y humanitarios. Papá tenía decidido alquilar, como el tío Ángel, una pieza en un inquilinato, pero Carmen abrazó a su tía, sintió remordimientos y cedió a la tentación. Para no malquistarse con sus «suegros», Marcial se rindió a la ofensiva y se encogió de hombros.

Al día siguiente viajaron de la mano en tren a Boulogne y, magnánimo y asombrado, José de Sindo los recibió en su promisorio taller de carpintería. Era ya un hombre adinerado. Se había comprado máquinas impresionantes, tenía un batallón de carpinteros a sus órdenes, y fabricaba muebles para una cadena de farmacias y para la burguesía de Recoleta y Barrio Norte. Invitaba a sus amigos a los restaurantes más caros, andaba en autos de alquiler con chofer propio y le había regalado a su amante una fábrica de pulóveres y una casa lujosa sobre una esquina. Su amante le había pedido que todo estuviera a su nombre: *María no es tu esposa.*

José, impresionado por la belleza y madurez de Carmen, representó el papel de gran benefactor con Marcial, y les prometió que trabajaría con sus propias manos para amueblarles el nido. Pero pasaron los meses y los muebles nunca llegaron, y entonces Consuelo lo llamó por teléfono para anunciarle que sería el padrino de la boda, y mi abuelo mandó un flete relámpago con una cocina Longvie. Era un regalo grandioso si se tiene en cuenta que, asfixiados por las deudas, vivieron cinco años sin heladera. Mis padres compraron los muebles más berretas que consiguieron en Palermo, y una noche, mientras dormían, la flamante cama se les fue al piso.

La boda fue austera por la mishiadura y por el luto. Balbino Fernández, también con los pulmones destrozados por el polvo de sílice de las minas, empezó con una fatiga y terminó en una carpa de oxígeno del Hospital Santojanni. Balbino, como Ángel, había sido un aventurero. Era fuerte, ganaba cualquier pulseada. Y una mañana, en alta mar, se arrojó desde la popa de un barco de gran porte al agua con un cuchillo entre los dientes y, ante la mirada aterrada y el aliento suspendido de toda la tripulación, cortó la red de sogas que frenaba la hélice. Ángel era el hermano incorregible, Balbino era el héroe de mi padre. Cuidó su agonía hasta que un día los doctores le dijeron que había muerto. Tuvieron que agarrar entre varios hermanos a mi abuela Valentina, que a los gritos casi se va al suelo cuando papá le dio la mala nueva.

El vestido de novia era blanco y de organza, y se lo confeccionó a mamá su maestra costurera. Carmen trabajaba en Sporteco y Marcial en Radiadores Arévalo, pero lo que ganaron durante dos años apenas alcanzó para pagar la construcción de las paredes y los techos de esa planta alta. Mamá, no obstante, fue a negociar con un cura cascarrabias de la iglesia del Rosario.

—Lo único que le pido es la marcha nupcial —le dijo.

—Sin música —se negó el cura—. Si pongo música tengo que poner alfombra, y eso ya es otro precio, hija del Señor.

Mamá regateó con el representante de Cristo diez días seguidos, hasta que el sacerdote dio el brazo a torcer y la mandó a negociar a partes iguales con una chica pudiente que se casaba media hora más tarde. Así fue como mamá consiguió la marcha nupcial, la alfombra, el acordonado y las flores. Todo fue rápido, ilusorio y emocionante. Y eran tan pocos los invitados al brindis que entraban de parados en la sala de Ravignani. Hubo brindis pero no baile, y a las seis de la tarde de ese sábado glorioso los recién casados viajaron a Capilla del Monte y se alojaron en la posada de otros veranos.

Sé que en algún lugar hay una foto sepia de mamá montando un burro viejo y domesticado para el turismo, y otra en blanco y negro de papá acuclillado sobre la roca de un arroyo. Mamá era una mezcla de Audrey Hepburn y Lolita Torres, y nada en su cara revelaba los infortunios. Papá llevaba camisa blanca, boina blanca con visera y gafas oscuras, y parecía a la vez un carbónico de sus tres hermanos mayores y un afiche de Hollywood.

Fue una luna de miel llena de ternuras, y luego quince años de apremios. Devolverle la plata a Marcelino, con aquellos exiguos salarios, era una verdadera tortura. La casa estaba ahora dividida en dos partes. *Abajo la clase alta y arriba la clase baja,* cavilaba yo maliciosamente muchos años después, cuando todavía seguía siendo notoria la diferencia de estilos y dignidades. Ni baja ni alta, todos éramos en realidad pura clase media de Palermo pobre, pero me costaba invitar a mis compañeros del colegio León XIII y luego del Carlos Pellegrini, muchachos acomodados en departamentos modernos, a quienes yo por íntima vergüenza no dejaba pasar del zaguán.

Al principio, Marcelino y Consuelo subían a cada rato. Revisaban la comida y abrían los cajones con total confianza, pero desaparecían cuando Marcial estaba en casa. Bien es cierto que no estaba mucho: al poco tiempo, un asturiano lo invitó a entrar como mozo y socio de un bar que alquilaban en Canning y Córdoba, y pasó cinco años completos sin tomar un franco.

El bar se llamaba ABC, fue alguna vez populoso y bohemio, Osvaldo Pugliese estrenó allí uno de sus primeros tangos y era mítico aún en su decadencia, cuando la modernidad menemista y el cansancio de los gallegos de siempre lo llevaron al ocaso. Pero en los albores de la década del sesenta el ABC era un café legendario y, sobre todo, una gran promesa. Carmen y Marcial lo pensaron seriamente y luego se arrojaron al vacío. Sin haber terminado de pagarle a Marcelino, le pidieron un préstamo a un amigo, que les cobró intereses, y otro insignificante a José de Sindo, que los apoyó porque papá lo encontró en un buen día.

Cinco años, un mes de día y un mes de noche, es un desierto demasiado largo para que un amor incipiente pueda afianzarse. Mi padre faltó literalmente de casa durante un lustro de escasez y tristezas. Y mi madre suspendió la vida social, remendó hasta las hilachas calzoncillos y medias, dividió la poca plata que iba entrando en cada uno de los días de la semana e impuso una dictadura doméstica para nunca pasarse de esa cuota. Se volvió una experta en carnes baratas y en pelear ventajas en la verdulería, y consoló a Marcial, que volvía destrozado y abatido, después de doce horas en pie y sin respiro, atendiendo a clientes que se convirtieron en grandes camaradas y también a porteños que despreciaban en voz alta, día por día, a los inmigrantes españoles. Uno de esos compadritos de cafetín se pasó de la raya una tarde y Marcial lo sacó a la vereda a los puñetazos.

Una noche de sábado, un muchacho que venía de un baile con una patota empezó a estrellar los vasos contra el piso, a burlarse de la ignorancia de los españoles y a pedir a los gritos más agua. El compañero de mi padre ya había barrido dos veces los vidrios del suelo: Marcial solicitó en el mostrador que le permitieran el honor y cargó el tercer vaso en su propia bandeja. Cruzó el salón y se paró junto al caballero. *Caballero* —le dijo papá—. *Aquí tiene su agua.* Y se la arrojó a la cara. Por un segundo, nada se movió salvo el agua derramándose por la expresión azorada. Luego mi padre dejó caer la bandeja y se puso en guardia. Y el pedante dijo *gallego de mierda* y fue a levantarse, pero algo espantoso debieron adivinar sus cómplices en la mirada de aquel pugilista dispuesto, porque tomaron preventivamente de los brazos al «valiente» y lo sacaron a la rastra por la puerta de Canning para que no lo abollara.

Durante décadas, en ese submundo de soñadores, frustrados, farsantes y parlanchines, los argentinos eran los mejores del mundo y los españoles unos muertos de hambre. Ese rencor se cocinó a fuego lento y mi padre lo tomó como un veneno homeopático. Conozco muchísimos «argeñoles» envenenados por esa misma sustancia sin antídotos.

En noviembre mamá descubrió, con pánico y alegría, que estaba embarazada. Consuelo, enviada por Marcelino, le fue sincera: *No puedes contar con nosotros, Carmen. Somos viejos. Tendrás que dejar el trabajo.*

Carmen dejó Sporteco con una panza puntiaguda y yo nací, pesando cuatro kilos, a las diez y media de la noche en el Hospital Rivadavia después de un doloroso parto de catorce horas. Nadie tenía experiencia con bebés en la casa de Ravignani, así que la primeriza sufrió lo inimaginable, y cuando Marcial le llevó por fin a José de Sindo el dinero que le debían, mi abuelo lo rechazó con el mentón en alto: *No me jodas, coño. Que es para el niño.*

Todo era para el niño. Los pocos momentos de Marcial, la disciplina cariñosa de Marcelino y Consuelo, todas las tardes de Mimí y cada segundo de Carmen. Había, en esos tiempos, mujeres que al ser madres borraban el gusto, la coquetería, la ambición, la razón, los deseos, el cuerpo, los resentimientos y hasta los viejos temores para fundirlos en una única y magnífica materia: el amor excluyente hacia sus hijos. Mamá fue una de esas mujeres, y lo pagó caro.

Sé que en algún lugar hay una foto coloreada donde estoy hablando por un teléfono de plástico. Sé también que esa foto estuvo expuesta durante años en el escaparate de una casa de fotografía de Puente Pacífico. Sé que me deslumbraban los oficios del afilador y del colchonero, que papá me llevaba al zoológico en el 47, que en el altillo de Marcelino había extraños tesoros y que desde el sótano se escuchaban los murmullos de la calle y de las ratas, y el trote de los coches sobre el empedrado.

Mis primeros recuerdos tienen que ver con el hule. Mamá forraba con hule la mesa de la cocina, donde me cambiaba. Un día me caí de bruces desde esas temibles alturas, y Carmen envejeció seis meses en media hora. Recuerdo también que durante otra radiante mañana mi madre hizo un mal movimiento y el agua hirviendo de una cacerola me pegó en la cara y me quemó el brazo izquierdo. Tenía puesto un suéter de lana gruesa, y mamá me llevó corriendo a la Cruz Roja y después al Instituto del Quemado. Me despegaron la lana con un bisturí y resultó que tenía quemaduras de tercer grado en el antebrazo y en la zona de los bíceps, y que me había salvado por un pelo de no salir desfigurado de aquel traspié. Todavía tengo aquí una extraña rosa tatuada en carne viva y deformada que me avisa, cada tanto, que le debo una muy grande al de Arriba, sea quien fuere.

Pero los dos hechos más conmocionantes de mi primera infancia están relacionados con Marcelino, quien compró un televisor negro de pantalla verdosa y luego advirtió que yo estaba obligado moralmente a ser alumno regular del Fidel López. La televisión fue un enorme acontecimiento en nuestras vidas. El tío la colocó en un ángulo de la sala y yo me hice adicto a Daniel Boone y al Llanero Solitario. Esa adicción traería, como se verá, graves consecuencias. Del primer día del colegio sobrevivió, finalmente, una foto donde estoy parado con bolsita de labores y cara de diarrea en la misma puerta por la que entraron y salieron tantas veces los ceremoniosos porteros y su empeñosa sobrina.

Todas estas fotos viajaban a España dentro de las cartas que mamá le escribía con orgullo a María del Escalón. Mi abuela, con prosa esculpida, respondía en la conciencia declarada de que ella no tenía perdón y de que se debía reparar la historia. En cierta ocasión escribió informando que Chelo, el hermano menor de Carmina, probaría también suerte en la América.

Chelo ya no era aquel niño de pantalones cortos que corría para no ser segado por la hoz, sino un hombre hecho, derecho e irreconocible. Mamá lo recibió emocionada y trató de cuidar de él como lo había hecho de chica. Pero Chelo sabía cuidarse solo. Trató un tiempo de convivir con José de Sindo y se alejó de Boulogne para no terminar a los botellazos. Trabajó de mozo y enamoró a una española bonita y opulenta, pero a último momento ahuecó el ala y se volvió a Asturias.

Yo tenía casi tanta fascinación por mi tío Chelo, que me había regalado un triciclo pintado de rojo, como por mi padre, que se había quitado el bigote negro y que así, con el torso desnudo, era igualito al Tarzán de Ron Ely. Una tarde, en la precaria cocina y sobre la mesa de hule, Chelo y Marcial echaron por joder una pulseada, y cuando mi tío le dobló el brazo a papá, yo me puse a llorar de vergüenza y de odio. Antes de irse para siempre, Chelo lo encaró: *Marcial, te pido me prometas que cuando se terminen las deudas dejarás que Carmen viaje a España.* Marcial se lo prometió.

Pero las deudas no aflojaron, y su esposa quedó nuevamente embarazada. Papá no quería tener más hijos, ya tenía suficiente conmigo. Pero se derritió con su hija mujer, que no le salió tan descarriada como el varón y por la que aún cultiva devoción absoluta. Esta María del Carmen no sería llamada «Carmina» sino simplemente «Mary», y cuando empezaba a declinar el ajuste y papá estaba a punto de recobrar un franco semanal, la niña nació en el Hospital Español y le dio un nuevo vuelco dramático a nuestra existencia.

Todavía recuerdo el instante en el que sonó el teléfono negro, puesto sobre una repisa, y después la voz excitada de Consuelo: me puse en puntas de pie y tomé el tubo, y papá me contó pormenorizadamente la cara de Mary como si relatara la topografía de un terreno sagrado. Dice mi hermana que esa dulzura inicial que yo le profesaba duró poco, y le consta que más adelante intenté asesinarla empujándola desde lo alto de la escalera del patio.

El parto había sido placentero, pero la beba no dormía ni tomaba la teta, y a los veinticinco días mamá la llevó a un pediatra de la calle Soler, que empezó a auscultarla con el ceño fruncido. Era un hombre bondadoso que en su niñez había sufrido poliomielitis, y le oí confesar años después que en ese momento se arrepentía de haber estudiado Medicina. Escudado en su estetoscopio, el pediatra ganaba tiempo y se preguntaba: *¿Cómo le digo a esta buena mujer que su hija tiene un soplo en el corazón?*

Al final juntó coraje académico y se lo dijo, y mamá se quedó sin piernas. Volvió llorando a casa, y hubo clima de velorio. Mary, lo poco que comía lo vomitaba, y un soplo en la década del sesenta era un signo de muerte.

Empezaron los electrocardiogramas y los rezos del rosario. La niña no crecía y el cardiólogo, un especialista muy respetado, ordenó cientos de estudios y la envió de doctor en doctor para confirmar sus presunciones. Una y mil veces el cardiólogo le dio clases a mi madre sobre el funcionamiento de la vida con un corazón de porcelana que guardaba en su escritorio. Parecía mentira que ese agujerito interventricular, una malformación congénita, pudiera destrozar tantas cosas que habíamos construido.

Mary no comía ni dormía, estaba nerviosa, y el cardiólogo tuvo que prescribirle seis gotas para sosegarla, y luego vitamina B12 y maicena con leche en cucharita, para que recuperara color y energías. El diagnóstico era claro: si el agujerito interventricular no se iba cerrando, más temprano que tarde debían operarla. Eso, para los padres, siempre es un drama, pero en aquellos tiempos era una verdadera tragedia. La medicina cardiológica resultaba todavía muy primitiva y el quirófano era la ley del último recurso.

Encadenada a esa bomba a plazo fijo, mamá se retorcía de dolor, y de hecho pasó dos años despierta, vigilando la respiración de su hija, rezando avemarías y prometiendo sacrificios personales. A veces, en la cama y boca arriba, mamá se concentraba en ese orificio que Dios le había enviado para probarla. En su cabeza podía verlo y hasta le parecía posible escuchar el ruido de la sangre al forzar la rendija. Mamá se concentraba en cerrarlo, y se pasaba largas horas de vigilia haciendo fuerza mental para que ese milagro en realidad sucediera. Todo lo demás había desaparecido: la morriña, el destierro, el rencor del hambre, las pequeñas maldades de sus tíos, la indiferencia de su padre, el arte de sufrir y la ilusión del amor.

Mi hermana era débil, flaca, inapetente, callada y huidiza, y un médico clínico del Hospital de Niños informó un día que la hora había llegado. El cardiólogo, sin embargo, se opuso terminantemente a la cirugía y demostró que el agujerito sin fin no se estaba abriendo sino cerrando. Treinta años más tarde, cuando Mary quedó embarazada, el mismo cardiólogo, doblado por la vejez, le dijo abiertamente: *Yo le arruiné la vida a su madre*. Mi hermana, que hoy es más sana que yo mismo, parpadeó sin entender. *Ahora sabemos que esos soplos son problemas menores y que se van cerrando lentamente, pero entonces hacíamos sonar la alarma como si el mundo se viniera abajo. Su madre vivió afligida muchos años porque yo exageré la nota.*

Bautizamos a Mary junto a otros treinta y cinco chicos en la basílica de Luján, y poco a poco la debilucha fue recuperándose bajo la implacable mirada de mi madre, que la obligaba a ingerir jugo de churrascos y otras ocurrencias supercalóricas. Cumplió tres años sin que la sombra de una operación se hubiera evaporado, pero hay que decirlo: con mucho mejor ánimo y semblante. Y fue entonces cuando mamá decidió sorprender a propios y extraños, y correr con todos los riesgos juntos.

Se trataba de una decisión extravagante para una mujer que vivía con el corazón de su hija en la boca. Es un misterio de dónde reunió el coraje para comprar tres pasajes a crédito y viajar en barco a España. Los tíos se santiguaron ante tanta temeridad, pero papá no opuso resistencias. El ABC no permitía defección alguna y a mi maestra le pareció que la experiencia sería tan rica e instructiva que bien merecía perder el año. Así que Marcial se quedó en tierra y yo me deshice de los cuadernos y del delantal. En aquella época, las llamadas telefónicas y el avión eran carísimos, y convenían por muchas razones tres transatlánticos ingleses idénticos que iban y venían cada quince días del viejo continente. Hasta último momento, los tíos presionaron a mamá para que abandonara el proyecto. *¿Cómo vas a ir sola con los chicos? ¿Y si te pasa algo? ¿Y si la nena tiene problemas?*

Eran preguntas razonables, pero una rara marejada interna empujaba a mi madre hacia Asturias, en un largo e irracional periplo de ida, dejando impulsivamente atrás marido, casa, cardiólogo y deudas. Todos pensábamos, aunque no nos atrevíamos a decirlo, que nos íbamos para siempre. Y esa insólita sensación de fuga y abandono flotó el día de las despedidas, cuando mi abuela Valentina, mi tía Luisa y mi madrina Mimí subieron con nosotros a bordo, contemplaron desde cubierta el puerto y nos acompañaron hasta el tercer nivel, donde teníamos destinado un pequeño camarote en clase turística. Al final nos quedamos los tres solos en estribor, el barco soltó amarras y el gran edificio con sus luces y chimeneas comenzó a deslizarse hacia atrás mientras cientos de parientes y amigos saludaban a los gritos.

Mamá tenía a mi hermana de la cintura, y yo me alcé sobre la baranda y divisé a papá en un costado de la dársena. No había nadie a su alrededor, nunca lo vi tan solo en toda mi vida. Se me cerró la garganta y rompí a llorar. Mamá trató de consolarme, pero no pudo. Ella y mi hermana vomitaron toda la noche, y al día siguiente estábamos en Uruguay, y poco después en Brasil, y enseguida pasamos nueve jornadas enteras, con sus soles y sus lunas, en alta mar sin ver tierra.

El barco se llamaba Arlanza, y tenía piscina, biblioteca, microcine y salón de baile. No se parecía en nada al buque Tucumán, donde mi madre había viajado como una sonámbula, pero nuestro camarote estaba tan bajo que el ojo de buey mostraba atroces imágenes subacuáticas en ocasiones de tormenta.

Yo corría por cubierta y respiraba profundo el aire del océano, espadeaba con enemigos invisibles, me tiroteaba con indios y piratas en los pasillos, y vigilaba los galones de los oficiales y la rutina de los marineros. Mamá temía, como siempre, un naufragio. Pero yo me embelesaba con los delfines que nos perseguían y con los buques que se nos cruzaban haciendo atronar sus sirenas y bocinas.

Vi trastabillar a mi madre cuando imprevistamente nos dieron chalecos salvavidas color naranja para un simulacro general de hundimiento, y cuando mi hermana empezó con un catarro violento y con una fiebre pertinaz. Mamá escuchaba las admoniciones de sus tíos y lloraba en silencio pensando que todo había sido un grave error y que Mary, con su débil corazón, moriría a bordo. Le había comprado bananas y miel en el puerto de Santos, porque la comida inglesa del Arlanza era intragable y mi hermana la devolvía. No había razones serias para tomarse aquel enfriamiento a la tremenda, pero la seguidilla de golpes bajos había convertido a mamá en una mujer vulnerable y fatalista, y entonces aquella espléndida aventura tenía forzosamente que terminar mal.

Esa clase de visión y esa exagerada composición de lugar, que yo intuía, se impregnaron en mis ropas y vinieron conmigo desde la infancia hasta gran parte de mi vida adulta. El fatalismo es esa rara neurosis de ciertos idealistas que piensan irracionalmente que todo está predeterminado por una fuerza desconocida, acaso Dios o el destino, y que los seres humanos somos juguetes en sus manos caprichosas. Sucede, con frecuencia, que no podemos evitar que el placer nos genere culpa, y tampoco sospechar que, en esa sutil red de acontecimientos urdidos, hay una especie de ley de compensación universal: a una buena noticia sigue una pésima, las rachas de buena suerte atraen a la mala, los gozos precipitan las sombras. Un asturiano, bajo el hórreo del Escalón, me dijo una vez: *Nunca hay que tener esperanzas para no tener desilusiones*. Y mi madre, a punto de realizar el sueño del regreso, creía que una desgracia la castigaría por tanta satisfacción. De modo que cuando Mary enfermó, o cuando los mares portugueses zarandearon el barco, creyó que nuestras horas estaban contadas. Pero mi hermana se recuperó y las aguas se aquietaron, y una mañana nos encontramos mirando con prismáticos las costas de Galicia.

Por carta, mi abuela había sido terminante: *Yo te dejé en Vigo, y en Vigo te voy a recibir*. Así que la inminencia del encuentro le aceleraba el pulso y le secaba la boca a mi madre cuando el Arlanza desplegó todas sus banderas y atracó en puerto al son de dos gaitas amplificadas por diez altavoces. Había cientos de españoles gesticulando en el muelle mientras los técnicos amarraban, y de pronto mamá escuchó entre los gritos el vozarrón de María: *Carmina, ¿dónde estás?* Era como una aguja en un pajar, pero mamá la ubicó en la ensordecedora muchedumbre, y se fue para atrás, rodeando a sus hijos y apretándoles las espaldas contra el pecho y el vientre, mientras trataba desesperadamente de tomar oxígeno y juntar fuerzas. María del Escalón, allá abajo, seguía gritando con sus manos en alto, desesperada por descubrir entre tantos pasajeros las facciones irreconocibles de la hija que había perdido hacía veintiún años. Y mamá, paralizada de emoción y de miedo, temblaba sin poder dar el paso que tantas veces había ensayado.

Al final, no se sabe cómo, Carmen rompió la densa burbuja, se asomó, levantó los brazos y se desgarró en un alarido: *¡Mamá, estoy aquí!* María abrió la boca y los brazos, y luego se llevó las manos a la cabeza blanca y se quedó sin voz, sostenida por mi tío Chelo, que le decía cosas al oído. Después mi abuela se mordió los dedos y, en un extraño rapto de silencio general, escuchamos que decía: *Ay, Carmina, no te conozco, no te conozco.*

Bajamos en fila por una manga hasta la aduana, nos dieron las valijas y los bolsos, y desembocamos en el hall central con las piernas dormidas. Mi abuela y mi madre corrieron a abrazarse como en las telenovelas. Pegaban tantos alaridos y hacían tanto espamento que parecían dos gitanas. La gente las empezó a rodear y a aplaudir como si fuera un espectáculo binacional organizado por el consulado argentino.

Fuimos de tapas a un restaurante gallego, tratando de salvar la sensación de que éramos íntimos desconocidos, y viajamos con las primeras luces de la tarde a Madrid. Cuando se ha querido tanto, y cuando ha pasado tanto tiempo, una cierta extrañeza se instala en el medio y cuesta muchísimo encontrar el código de salida: María y su hija apenas podían sostenerse la mirada, las avergonzaba ser tan distintas y distantes; no sabían de qué hablar ni por dónde empezar a contarse la historia.

Toda la familia se reencontró en Madrid. Los pequeños hermanos eran hombres y mujeres maduros, y les habían crecido hijos, sobrinos y cuñados. Mary y yo experimentamos enseguida el fuerte síndrome de pertenencia, esa rara sensación de encajar a la perfección en un sistema remoto y extraño. Las caras, las voces y los gestos nos resultaban familiares y nos hacían sentir en casa. Promediando una sobremesa pantagruélica, Carmina salió al balcón y se dobló por el llanto. María salió detrás de ella y la abrazó:

—¿Por qué lloras así, mujer?

—No lo sé, mamá.

No lo sabía en verdad, pero ese gris sentimiento la embargó durante todo el sinuoso viaje al culo del mundo: Almurfe. De repente, a la vuelta de una montaña, aparecieron el pueblo, la casa y el río, y mamá se apeó en la carretera y miró la cuesta y el sol, y dejó que le entraran los antiguos ruidos y los viejos perfumes, y de pronto cruzamos el umbral y empezaron a llegar los vecinos, que se identificaban por su nombre para ser reconocidos, y pasamos todo un día en aquella sala dando y recibiendo explicaciones, bendiciones, panes, jamones y longanizas.

Almurfe era más pequeño, pobre y bello de lo que Carmen recordaba. Para mí era directamente el Lejano Oeste. Lo rodeaban bosques encantados, con senderos secretos y llenos de espinos, rocas calvas y gigantescas, hombres a caballo de rostros cetrinos, vacas y terneros, sapos y culebras, un cementerio lleno de fantasmas y una cantina de parroquianos silenciosos que jugaban al mus.

Hicimos mil travesuras mientras María del Escalón y su hermana Josefa ajustaban cuentas con mamá en interminables cavilaciones y soliloquios que proseguían hasta la medianoche. Yo cargaba leña, tiraba piedras, escalaba riscos y azuzaba a los perros y a las vacas. Una tarde una vaca neurasténica me corrió cien metros para cornearme: me metí en la cantina y ella montó guardia en la puerta hasta que el cantinero la sacó a patadas y empujones. Otro día subimos hasta un sembradío y yo me trepé a los cerezos y me comí tres kilos de cerezas con carozo, y estuve tres días internado en un hospital de Belmonte creyendo que era una apendicitis aguda y no una mortal indigestión.

Fuimos a Covadonga, paseamos por Madrid, pernoctamos en Oviedo y nos alojamos durante dos semanas, separadas por cuatro meses, en la casa que el hermano mayor de mi padre tenía al borde de un acantilado, sobre el ruidoso mar de Luarca. Subimos varias veces a Barcia, almorzamos en casa de Justa y caminamos las huellas que Marcial había caminado en la prehistoria. Recuerdo entre todas las tardes una: se adormecía el sol y a lo lejos las sombras de un árbol convertían a mi tío Ramón en mi padre. Eran tan parecidos, yo lo extrañaba tanto, que en un momento me di vuelta y me los confundí, siendo que Ramón era mucho más bajo y rugoso, un Marcial castigado por los rigores de mil mareas, por la sal y por el viento marino. El Marcial que pudo haber sido y no fue; el que se había quedado.

—No quiero volver —dije una noche. Mi madre escribía una carta, y se quedó boquiabierta y expectante. Sé que es difícil de creer, pero en ese segundo de duda yo sentí que tenía todo el poder y que mi madre necesitaba una coartada. Fue un segundo de lucidez total, y yo tragué saliva pensando que mamá buscaba la forma de no regresar nunca más a Ravignani, a Marcelino y a Consuelo, y tampoco a Marcial. Me apresuré entonces a rectificarme:

—Quiero que le escribas a papá, que venda todo y se venga, y que vivamos en Almurfe y que pesquemos truchas los fines de semana.

Mi madre asintió como si el pajarraco de un mal sueño echara a volar y puso distraídamente su nombre en el remitente. Diez días después empezaron las despedidas y se reinició el dolor. En los sesenta, España todavía no arrancaba y los aprietos de mi familia hacían pensar que pasarían muchos años antes de que las mitades volvieran a unirse. Mi abuela era una anciana, y no imaginábamos en ese momento que viviría noventa y nueve años, así que mamá volvió a despedirse de ella como si otra vez se fuera para siempre. Chelo nos llevó hasta Vigo, y nos dejó solos en esa ciudad que ahora recuerdo umbría y triste. El buque era idéntico, y el regreso, como todos los regresos, se hizo más corto.

Papá nos esperaba en el mismo lugar de la dársena, vestido con la misma ropa y envuelto en la misma sonrisa. Pensé que nunca se había ido de esa coordenada, que nos había estado esperando desde el primer día, clavado en la punta del puerto, como si su existencia dependiera exclusivamente de la nuestra. Una estatua erguida en la intemperie sin hacerles caso al frío, al hambre o a la lluvia.

Nos comió a besos, y se murió de risa al ver que Mary volvía rozagante, verborrágica y ceceosa. Mamá lo abrazó con cuidado, y le hizo dos o tres preguntas de rigor. Al llegar a casa, los tíos nos apabullaron con su asombro. Mary rompió un paquete y les mostró el mayor tesoro que traía del Viejo Mundo: una muñeca tan alta como ella que vestía de bailarina asturiana y farfullaba frases metálicas y españolísimas.

Papá estaba ansioso por que subiéramos las escaleras. Mamá y yo nos quedamos paralizados en la puerta contemplando su increíble obra. Marcial se había abocado tercamente durante seis meses a comprar y a instalar en secreto un calefón de agua caliente, un extractor de aire Spar, una alacena de fórmica y una cocina nueva. En comparación con el resto de los cuartos, parecía una cabina de la NASA. Yo tenía ocho años pero alcancé a percibir en ese instante fundamental que era un hombre tratando de reconquistar a una mujer. Un hombre asustado por la ausencia y desesperado por compensar rápidamente las pérdidas.

Sé, yo que no sé nada, que ese burdo y conmovedor homenaje salvó su matrimonio.

8. Jorge

Habría preferido que hubieras reunido
un capital, en lugar de escribir sobre él.

La madre de Carlos Marx

Un vecino de José de Sindo lo encontró muriéndose una mañana en los fondos de la carpintería. Quiso arrancarle nuestro teléfono y nuestro domicilio, pero el penúltimo orgullo de aquel viejo cabrón se los negó entre dolores de pecho y retorcijones. Agonizaba lleno de deudas y sin que ningún médico de Boulogne se aviniera a sacarlo de la estacada. Ya no tenía amantes ni empleados, sólo le quedaban acreedores y enemigos, y su joven vecino era el único crédito humano de que disponía.

Espantado por los estertores del ebanista, el muchacho recordó haberle escuchado decir alguna vez que su hija vivía en la calle Emilio Ravignani, dentro de los límites difusos de Palermo Viejo. Tomó el tren y vino desde Soler tocando todos los timbres de todas las casas. Cuando faltaban cuarenta metros para la avenida Santa Fe, y las esperanzas desfallecían, cruzó hacia la vereda par y le describió a nuestro carnicero la fisonomía de mi madre. *Debe ser la gallega que vive enfrente,* dijeron en la carnicería, y así fue como ella se enteró de que su padre andaba en los epílogos.

Hacia 1970, mamá ya era una mujer fuerte y curtida, así que se vistió en diez minutos como para ir a la guerra y se subió al primer tren. Hacía años que no veíamos ni teníamos noticias de mi abuelo, y se podía esperar que mi madre se tomara todo el tiempo del mundo para aquella emergencia. Pero Carmen jamás paga con la misma moneda, y en esas encrucijadas suele atacarla una extraña vocación de bombero voluntario, una responsabilidad suicida.

Encontró el taller arrumbado en polvo y aserrín, las máquinas de carpintero inofensivas y oxidadas, las sierras, las maderas, los grabados, los muebles a medio terminar, los barnices, las telarañas. Desembocó en un corredor de baldosas que daba a una cocina antigua, a un baño estrecho, a una especie de comedor de techos altísimos y mantel ordinario, a un jardín hundido en la maleza y, sobre todo, a una pieza lóbrega con ajado ropero, mesita de luz, cama de dos plazas y hombre acabado.

—¿Quién te trajo? —balbuceó el cadáver en decúbito dorsal.

Mamá confirmó a simple vista que José estaba muy grave, y se enteró allí mismo de que no tenía jubilación ni obra social, que en cualquier momento vendrían a desalojarlo, que los médicos de la zona ni le respondían las llamadas y que estaba paralizado por los dolores del corazón. Volvió corriendo al andén y negoció dramáticamente una cama de terapia intensiva en el Hospital Fernández. Quedaba una sola plaza, pero según el reglamento interno debía permanecer vacía y en reserva para casos importantes. Carmen adujo que su padre era un moribundo y el jefe del servicio, agobiado por tanta alharaca, aceptó a condición de que lo trajera de inmediato. Mamá paró un taxi, llegó a Boulogne, le tiró un sobretodo encima al enfermo y le ordenó al taxista que se abriera paso como fuera. Los cardiólogos lo abarajaron en el aire, le diagnosticaron infartos masivos y le salvaron el pellejo.

Estuvo treinta y ocho días internado en esas salas, y mamá corrió con todos los gastos, puesto que mi abuelo se había convertido en un pordiosero. Le compró remedios, mudas y piyamas, y lo cuidó en esas primeras noches en las que estuvo a punto de irse para el otro barrio. Cuando salió del trance, Carmen le preguntó por qué no había hecho los aportes para jubilarse. Se encogió de hombros:

—Siempre pensé igual: el día que no pueda trabajar me compro una pistola y me pego un tiro.

—¡Bueno, ese día ya llegó! —le gritó mamá indignada.

La relación de esos tiempos iba y venía entre el amor y el odio. José de Sindo era un león herbívoro, pero mantenía intacta su capacidad para ufanarse de sus actos egoístas. A mamá esa desvergüenza la sigue intrigando. Recuerda un día, tres o cuatro meses después, cuando su padre la acompañó a la estación con bastón de convaleciente, y cuando mi madre no pudo resistir pasarle todas las facturas. El carpintero aguantó a pie firme la andanada y volvió a encogerse de hombros. Entonces a Carmen le tembló la boca, y su voz se hizo pequeña, pequeña:

—¿Por qué nos dejó, papá? —de pronto le saltaron las lágrimas, y se descontroló—. ¡¿Por qué, aunque sea, no se quedó en Cuba, la puta madre que lo parió?!

Mi abuelo miró las vías y los techos de dos aguas, y a los viajeros que esperaban con el diario de la tarde el tren vespertino.

—Porque hice siempre lo que quise.

—¡Voy a agarrar ese bastón y se lo voy a partir en la cabeza!

—Bah. Que me quiten lo bailado...

Apenas se recuperó de los infartos, José de Sindo había empezado a cagarse en Dios y en los médicos del Fernández, y a tirar la vitina y el puré de zapallo al inodoro, y a exigirle a su hija que entrara clandestinamente al hospital tortillas y milanesas. Mamá le gestionó la jubilación y le pagó los alquileres atrasados, y de nuevo envalentonado, mi abuelo le envió un mensaje a Marcelino. Proponía sutilmente quedarse a vivir en la piecita de Mino porque sabía que Consuelo la usaba para coser ropa con su vieja Singer. Marcelino se volvió loco:

—¡Acá ese sinvergüenza no pisa! —gritó—. Esta misma noche pasan los muebles del dormitorio de ustedes a la piecita, y le dicen que está ocupada.

Mamá mudó su cama matrimonial a ese cuartucho, nos armó a mi hermana y a mí una habitación en la pieza grande, y cuando el carpintero volvió a insinuar sus intenciones, se le dijo que estaba confundido, y que no quedaban cuartos vacíos por más ruines que fueran en la casa de Ravignani. La piecita seguía teniendo techo de chapa y piso inestable, de noche se escuchaban las cucarachas y molestaban los gatos, y fue durante diez años la alcoba de mis padres.

Bloqueada esa posibilidad y sabiendo que si volvía a España mi abuela lo asesinaría de un escopetazo, José de Sindo retornó a su taller inservible y aceptó que mamá fuera todos los sábados a lavarle y a plancharle, y a adecentar un poco aquel nido de ratas.

A veces acompañábamos a mamá en ese sacrificio, y nos parecía toda una aventura ese caserón embrujado, pero nunca pudimos franquear la relación con mi abuelo, que se la pasaba haciendo esgrima verbal con Carmen acerca de los sucesos del pasado, y de cómo su fuga y el triunfo de Francisco Franco habían desgraciado para siempre a la familia.

—Bueno, ya tuviste bastante —le decía inevitablemente cuando caía el sol—. Vete, quiero estar solo.

Un sábado, mientras hacía dibujos imaginarios en las baldosas con la punta de su cayado, el viejo cabrón ladeó la cabeza y preguntó:

—¿Y cómo fue Marcelino?

Carmen dejó la plancha a un costado y sintió la tentación de contarle el acoso secreto, el autoritarismo, las manipulaciones y las peleas. Pero se arrepintió a último momento.

—Más o menos —contestó.

—Buen hijo de puta debió haber sido.

—Una noche me hizo un escándalo y estuve a punto de venir a tocarle la puerta —se sinceró ella de repente, pero tomó la plancha y planchó el silencio. Mi abuelo pensó un rato, y después de pensar dijo:

—Fíjate cómo es la vida, Carmina. Si hubieras venido aquella vez, quizás habría cambiado todo entre nosotros.

Yo jugaba y relataba un partido de fútbol en el piso con piezas de ajedrez y un dado negro durante el otoño de 1974, cuando escuché abajo el timbre, los murmullos alarmados y los pasos de Marcelino en la escalera. Levanté la cabeza y pregunté qué pasaba, pero Marcelino no me respondió, pasó de largo pateando fichas, entró en la cocina y le anunció a mi madre que habían encontrado muerto a José de Sindo.

Un cliente del ABC era funebrero, así que pasaron a buscarnos con un auto negro y con un furgón, y llegamos a Boulogne cerca del mediodía. Carmen trató de evitar que yo viera el cuerpo, pero no lo consiguió: estaba rígido y amarillo, y la cuadrilla lo levantó como a un muñeco, lo acomodó en una camilla de lona y lo sacó por donde habíamos entrado. Sólo quedaron una mancha de sangre en su almohada, sus turbios anteojos de carey y su dentadura postiza dentro de un vaso de agua.

Hasta entonces mamá no había sentido pena, sino curiosidad y obligación. Pero cuando vio que lo bajaban a su tumba, cuando sintió las paladas de tierra sobre el ataúd, la sorprendió un gran vacío y lloró sin consuelo. En las semanas siguientes fuimos varias veces al taller para liquidar el asunto y de paso para tratar de entender quién había sido realmente aquel individuo. Revisamos sus cajones en busca de cartas y fotos y pistas, pero no había el menor rastro de una vida anterior, como si mi abuelo hubiera quemado antes de morir todo lo que revelara sus peripecias por el mundo.

Mi madre se quedó únicamente con una virtuosa silla inglesa tapizada en pana verde, que aún conserva, y con un traje oscuro que terminó regalando, porque Marcelino y Marcial consideraban de mal agüero usar las prendas de aquel muerto.

Traté en infinidad de cuentos y novelas frustradas de revivir a José de Sindo y a su paralizada carpintería, pero fallé en cada caso, como si un fantasma no dejara de soplarme el castillo de naipes que yo levantaba. La gótica escena del cadáver y de la casa vacía llena de objetos inconexos que debían necesariamente ser piezas de algún rompecabezas se transformó en la obsesión de un adolescente que ya soñaba con ser escritor.

Dos años antes de aquellos acontecimientos, una revelación me había electrocutado: los insólitos productos de la imaginación podían quedar impresos en simple papel de cuaderno. El germen, sin embargo, data de muchísimo antes. Mamá aspiraba, como toda inmigrante, a que sus hijos fueran instruidos, y les adjudicaba a los libros un valor casi supersticioso. Cuando cumplí nueve, me regaló *Robinson Crusoe* de la colección Robin Hood. La desventura del más célebre de todos los náufragos de la historia universal le había quedado grabada de los años de novia. También *Drácula* y *El conde de Montecristo,* que ella había visto en el cine Rosedal de la calle Serrano y cuyos argumentos, teatralizados en el borde de la cama y poco antes de dormir, me aterrorizaban y me llenaban de ideas bizarras.

A la vuelta de España, después de haber perdido un año escolar, se hizo insostenible regresar al mismo colegio. Así que mamá buscó por la zona y encontró el León XIII, una rigurosa institución salesiana con patios inmensos y aulas oscuras que daba por los laterales a la temible Villa Dorrego. Carmen, al revés que María del Escalón, estaba muy agradecida con Dios, de manera que le pareció muy bien inculcármelo. En mis días de desolación todavía me comparo con aquel primer día de clases: todos eran conocidos y se saludaban con énfasis bajo la galería techada, y mi madre y yo permanecíamos en un ángulo parados y tomados de la mano, forasteros perdidos en una entusiasta masa de padres, alumnos y maestros que parecían formar la gran familia argentina y que nos ignoraban por completo. Nunca logré, a pesar de los esfuerzos, sentirme parte de aquella familia salesiana. Más bien me recuerdo como un chico «diferente» a quien perseguían por gordo, por débil, porque no veía las series debidas ni coleccionaba las figuritas adecuadas, y porque se me escapaban en clase palabras asturianas que nadie comprendía. La cosa llegó a ponerse tan seria que mi maestro de tercero tuvo que sugerirle a mi madre que yo debía responder los puñetazos. Mamá se enteró de que en un callejón sin salida de Paraguay y Arévalo había una modesta academia de artes marciales: me compró un kimono blanco y quiso levantarme la autoestima con el yudo.

Durante dos años aprendí varias llaves y tomas, pero no pasé del cinturón amarillo. Revolqué a dos compañeros de quinto B y tuve un duelo con uno de séptimo, que me llenó la cara de dedos y las rodillas de raspones, pero que me hizo fama de malas pulgas. No encajaba en aquel grupo humano, y de hecho mis amigos de la infancia siguieron yendo al Fidel López, pero tuve las mejores notas y me llevé muy bien con el Rey de reyes.

Catequesis estaba a cargo de un hombre apasionante: el maestro Vázquez, un laico español que había abrazado con denuedo la cruz durante la Guerra Civil. Refería que siendo prisionero estuvo varios días en las listas de los fusilados junto a su hermano mayor, y que un verdugo cortó la fila por el eslabón menos pensado en vísperas de la rendición: su hermano iba adelante y fue ejecutado, el maestro Vázquez se quedó atrás y se salvó ese día, y al siguiente se detuvieron para siempre las ejecuciones. Quién, sino Dios, pudo haber intervenido en aquel milagro.

La evidencia era tan concluyente que Jesucristo entró en mi alma y se apoderó de ella con una fuerza arrebatadora. Estudié la Biblia, gané concursos de erudición católica, confié en la inmortalidad y aprendí los votos salesianos de virtud y de pobreza. Protegido por el yudo y por mis creencias infalibles, pasé los momentos más felices de mi vida.

Todos los sábados mis amigos y yo nos encontrábamos en Las Heras y Coronel Díaz, un cuadrilátero baldío que alguna vez había sido una penitenciaría, y jugábamos al fútbol hasta las doce y media, nos tomábamos una coca, volvíamos en el 95 y nos zambullíamos en el cine de súper acción. Mamá me tenía preparado el almuerzo en la mesa del comedor para que no me perdiera ni el comienzo de la primera película, y durante años vi una tras otra hasta Hollywood en Castellano, con las persianas bajas y el corazón en un puño.

Era un universo extraordinario, donde Hércules, Sansón y Ulises compartían hazañas con Custer, Gerónimo, Cleopatra y el monstruo de la Laguna Negra. Dieciséis veces, a lo largo de aquella infancia, mis padres y yo aguantamos el llanto con *Qué verde era mi valle,* un melodrama sobre una familia trágica de mineros que terminaba muy mal y que encabezaba con sobriedad Walter Pidgeon, réplica enjuta de mi tío Balbino. Me doy cuenta en este preciso instante de que pasé cuatro décadas tratando de reescribir esa tragedia, de sobreimprimirla con la nuestra, y que quizás estos apuntes no se traten al fin y al cabo de otra cosa. En aquellos años esos filmes sabatinos no eran prestigiosos, pero mi madre ya me señalaba a John Ford, un director de películas del Oeste que seguí de chico y que comprendí de grande: a mamá le arrancaban risas y lágrimas sus odiseas «heroicómicas» acerca de familias empeñosas y de emigrantes galeses en los confines de la civilización.

A escondidas de todos yo jugaba a ser héroe y bandido, creaba películas llenas de disparos y acrobacias, y andaba por la calle hablando solo, dialogando con apaches, corsarios o vietnamitas. Un gigantesco remolino de imaginación me envolvía y me narcotizaba; tramas que yo concebía, desarrollaba y finalizaba en soledad absoluta; personajes que plagiaba y que vivían en mi fuero íntimo con sus voces y gestos, a salvo del mundo, de mis amigos e incluso de mi familia.

Mamá atizó ese fuego volcándome a Julio Verne y a Emilio Salgari, pero la chispa se produjo fuera de casa, durante unas vacaciones de invierno. Cierta maestra del Fidel López había encargado a mis amigos la construcción de un relato, y uno de ellos estaba escribiendo el cuento de un sheriff corajudo y bonachón, y había calcado la tapa de *Buffalo Bill.* Un rayo me levantó en peso, volví corriendo, subí las escaleras y le pedí a mamá un cuaderno y un lápiz. Lo único que tenía era una pequeña libreta de tapas marrones. Me puse a escribir frenéticamente una historia de lucha y de muerte en unos pantanos neblinosos. Estaba exaltado: el mundo invisible que yo creaba podía ser traducido con éxito al mundo real. Aquel fantástico procedimiento se llamaba «literatura». No era cine, pero se le parecía tanto que las diferencias resultaban irrelevantes.

Fue un acto conscientemente trascendental, ya nada volvió a ser lo mismo, y desde entonces escribo para leerle a mi madre las películas sabatinas que se me ocurren. Ella escucha o lee cada cosa, a veces con disgusto e incomprensión, y le parece irónico que un descendiente del Escalón pueda llenar tantos renglones.

La vocación y el oficio me dominaron y me convirtieron en su esclavo, y, como se verá, eso trajo serios problemas y me separó veinticinco años de mi padre.

El invierno que sucedió al deceso de José de Sindo, Carmen cruzó de vereda y, contrariando a Marcial y a los tíos, se empleó en una fraccionadora de esmaltes que lindaba con la carnicería. Era un sueldo ridículo, pero mi madre ponía en esos morlacos toda su ilusión.

—¿Para qué quieres trabajar? —le preguntó Marcelino—. ¿Para comprarte tu propia casa? Eso es imposible.

—Tío, en algún momento nos tenemos que ir de acá.

—Nunca —negaba Marcelino moviendo la cabeza y leyendo *La Prensa*—. Eso nunca va a pasar.

También mamá sentía que era un puente demasiado lejano, pero ahorró todo lo que pudo y se fue convenciendo de que sólo podrían salir adelante poco a poco, pidiendo un crédito, comprando un departamento chiquito y poniéndolo bajo hipoteca. Papá no quería saber nada con meterse en esas locuras, pero se vio otra vez arrastrado por Carmen al torbellino de las deudas. La operación costaba doce millones de pesos, y ellos contaban con uno y medio. Se metieron a ciegas, con los dientes apretados y las medias zurcidas, y pagaron con sangre durante años un departamentito en la calle Campos Salles.

Marcelino y Consuelo entraron en pánico. Tenían miedo patológico de quedarse solos, pero el tío no cedía en sus actitudes tiránicas. Vigilaba adónde íbamos y qué hacíamos, prohibía determinados comportamientos, manipulaba conversaciones, se metía donde no lo llamaban y conseguía siempre salirse con la suya. Su mayor triunfo residía en hacerle sentir a Carmen que les debía todo, y que mis padres y sus hijos tenían que manejarse en la vida según las reglas internas que él había dictado.

Una noche los oí discutir desde la cama. Mamá le pedía que los dejara colocar en la planta alta una extensión del teléfono que pagaban a medias, y Marcelino se negaba porque temía una ridícula inspección municipal. Papá estaba en el ABC y entonces el tono fue subiendo y subiendo, y en un momento escuché que el tío gritó: *¡Ustedes no van a llegar a nada!* Me subieron los calores a la cara, aparté las frazadas y bajé a los saltos:

—Nunca más le levantés la voz a mamá —le dije a Marcelino apuntándole con un dedo—. Nunca más.

No sé qué voz me habrá salido de las tripas. Sé que el tío bajó la vista, y que jamás volví a confiar en él. Comprendí que éramos sus prisioneros, y que teníamos que escapar.

Afortunadamente, dos amigos de María del Escalón se cruzaron en nuestro camino y nos tendieron una mano. Se llamaban Pepe y Elvira, eran marido y mujer, y se paseaban del brazo por la tierrina del Centro Asturiano. Él era encargado del mantenimiento de aquel edificio que Eveready tenía, en sus buenos tiempos, sobre la calle Virrey Loreto, y ella hacía las veces de camarera empresa adentro. Estaban por jubilarse, y buscaban a alguien de confianza para que realizara la limpieza nocturna. *¿Sabe lo que necesitamos, Pepe?* —le había dicho el jefe de personal—. *Necesitamos una gallega*. Mamá estaba dispuesta, papá no quería saber nada. Seguimos el debate una noche en el mismísimo edificio en penumbras, que recorrimos con ellos: pisos y pisos con oficinas alfombradas, que mi madre debía dejar impecables para el día siguiente. Marcial fue convencido por Pepe, que era dulce y optimista, y Carmen tomó ese segundo trabajo como si le hubiera tocado la quiniela. Luego de dos años, Pepe y Elvira finalmente se retiraron, y mamá largó definitivamente los esmaltes, tomó el comando de la cafetería y cambió su suerte.

El Rodrigazo licuó la deuda final de Campos Salles, comenzó a entrar dinero en casa y Carmen se volvió adorada e imprescindible para empleados y gerentes. Pepe y Elvira eran estériles, y veían en mamá a la hija que no habían tenido. Vivieron quince años de plácido retiro hasta que un cáncer doloroso y progresivo atacó a Pepe a traición. Empezó con la quimioterapia, pero enseguida se dio cuenta de que no tenía caso. Mandó a Elvira a comprar el pan y se colgó de una soga.

Mamá tenía ahora roce con gentes educadas y ahorraba como nunca. Pasamos de la dominguera pizza con fainá a comer en restaurantes chinos y en tratorías decentes de la avenida Cabildo; fuimos por primera vez de vacaciones a la playa: conocimos tardíamente Mar del Plata y San Clemente; nos hicimos socios del club y tomamos como religión pasar allí los fines de semana.

Los inicios de mi adolescencia están ligados a esa patria de argeñoles, de fabadas, de gaita a las seis y pasodoble a las siete. De solidaridades, de maledicencias y de chismografía. Pileta y empanada gallega, y un partido de fútbol multitudinario, digamos quince contra quince, y escandalosamente desparejo, chicos de diez y hombres de sesenta años, que jugábamos horas y horas junto al río. Duraban tanto que a veces abandonábamos un rato para tomar la leche, y volvíamos después para participar del interminable tiempo de descuento.

Tampoco son ajenos aquellos albores a Los Gavilanes de España, a las peñas con sidra y candelario, y a aquellos surrealistas carnavales con baile donde un amigo viudo de mi padre nos enseñaba cómo calentar a las mujeres en las apretadas de los lentos. Era un asturiano experimentado y lujurioso que había hecho la mili en un destructor y que de tan pobre se había dejado toquetear por los maricones en el puerto de Cádiz a cambio de un plato de lentejas. Yo era un púber y esa cátedra me dejaba anonadado. *Igual que ustedes, a su edad yo era pura calentura* —dictaba—. *Visitaba las romerías, sacaba a bailar a las mozas y pasaba vergüenza. Ahora usan esos calzoncillos «atómicos» que disimulan, pero en mis tiempos llevábamos calzones sueltos y se notaba cuando andábamos alzados. Mis amigos me cargaban y era el escarnio de las mujeres. Hasta que un día me la até. Como oyen: cogí una piola y me la até a la ingle. Fui a bailar confiado y resulta que con las refriegas se me puso tiesa y se me estranguló. Pasé la noche entera en el río tirándome agua para bajar la hinchazón.*

Yo no tenía la mínima experiencia en mujeres, y la primera vez que tuve un encuentro verdadero con ellas fue durante un «asalto» organizado por mis amigos del Fidel López en una casa de la calle Carranza. Llegué perfumado y nerviosísimo, pero rápidamente entramos en confianza y bailamos hasta las seis. Luego las acompañamos simulando ostensiblemente que éramos hombres maduros, y nos encontramos con mi madre, que estaba parada en la esquina de Ravignani y Santa Fe en bata y pantuflas. Yo no sabía dónde meterme, y ella no sabía dónde pegarme.

El dueño de aquella casa de Carranza me traicionó una vez con una mujer a quien yo quería, y desvalido por la cornada me senté en el umbral de un edificio de departamentos y esperé a que pasaran las horas. A las cinco escuché unos pasos y vi que papá volvía del bar con las manos en los bolsillos y las solapas levantadas. Yo no sabía que hacía frío. Cruzó la calle al verme, me tocó un hombro y me dijo: *Vamos*. Le conté, porque no daba más, que me habían clavado un puñal. Y entonces le dije algo horrible. Le dije: *Tenías razón: hay que cuidarse de los amigos*.

Luché durante siglos contra las sentencias de mi padre, y me formé boxeando con ellas, aceptándolas y repudiándolas con fiereza y autoengaños. A lo largo de mi adolescencia, papá formuló cuatro o cinco conceptos fundamentales. El *sacrificio es lo más grande que hay, tenés que cuidarte porque los amigos traicionan, escribir es cosa de vagos, a los argentinos no les gusta trabajar* y, en un momento límite, hasta *no valés para nada*.

Quizás el principio de nuestros desacuerdos fueron esas páginas atroces que yo destilaba y que él eludía como quien quiere evitarse una enfermedad infectocontagiosa. Yo iba directo a perito mercantil y luego a contador público nacional cuando me anotaron en el colegio Carlos Pellegrini, pero me tocó por sorteo el turno noche, y las mañanas que mamá trabajaba, y él dormía, eran tierra de impunidad para escribir novelas de espías y luego poemas de amor. De abanderado y primer promedio pasé a desastre total en ese primer año de secundaria llena de política y revolución. Era 1975, todos los días se suspendían las clases por amenazas de bomba o marchas a Plaza de Mayo, y estudiantes del Ejército Revolucionario del Pueblo presidían las asambleas con capuchas y pistolas en el cinto.

Nada comprendía yo de esos hervores, pero aprovechaba sus distracciones para acometer mi oficio secreto y derruir el sentido olímpico de las altas calificaciones que los salesianos me habían metido en la cabeza. No me interesaba, como antes me había obsesionado, ser el primero de la clase, pero la apatía y la negligencia me convirtieron en el último. Me salvaron el caos nacional y mi madre que me cambió al turno tarde. En marzo, sin embargo, llegó la dictadura militar, hubo razias en el colegio, pusieron a policías armados en lugar de celadores, endurecieron el sistema y empezaron los problemas en serio.

No había estudiado nada en el primer año, y no sabía cómo hacerlo en el segundo, de manera que fui de tropiezo en tropiezo, mientras leía libros de detectives y poemarios españoles, y seguía series de televisión y películas de clase B, hasta que los boletines cantaron y mamá puso el grito en el cielo. Tratamos juntos de enderezar el barco, pero todo menos castellano e historia venía mal parido, y no hubo caso, y las fechas y las chances se fueron derrumbando, y un mediodía volví con la noticia de que mi profesora de matemática había dictado condena definitiva.

Estábamos los tres en la cocina de arriba, y Marcial se desencajó y me tiró una cachetada. Me protegí con el antebrazo, y aguanté los gritos y los portazos; luego tomé mi libreta y caminé hasta el Jardín Botánico. Me senté en un banco de piedra y escribí tres o cuatro versos tristísimos en todo el sentido de la palabra.

Papá y yo nos eludimos durante meses, y sé que aquél fue el dolor más grande que pude infligirle. Ocultó con vergüenza la mala noticia todo lo que pudo, y cuando estalló fue víctima en el bar y en el club de la infamia y del regodeo de sus paisanos, para quienes un hijo repetidor era un estigma equivalente a tener un delincuente en casa. Marcial, para defenderse de esa agresión, volvió a armarse de una coraza y me dio por perdido para asegurarse de no tener nunca más un desengaño.

Tuve conciencia de esa estrategia, y al final también yo me di por perdido. Quizás papá tuviera razón: el sacrificio era el valor supremo del ser humano, los argentinos carecíamos de esa virtud inmigrante y la literatura era una forma de la vagancia.

Carmen no estaba de acuerdo con nosotros, pero buscó una escuela de repetidores y encontró el San Martín, un edificio sucio y gris en Belgrano y Entre Ríos al que asistían chicos brillantes, atorrantes imposibles, carne de reformatorio y barrabravas. Cuando la primera semana Boca goleó a River, los muchachos de quinto entraron cajas sospechosas por la puerta principal, y en el recreo tiraron desde el tercer piso al patio central veinte gallinas ponedoras.

No eran pibes del centro sino de los barrios suburbanos, y yo encajé en su modo de pensamiento y en su cínica sencillez, y aprendí de ellos más de lo que había aprendido en las clases medias acomodadas. Hice caso omiso a la literatura, al cine, a la televisión y a las antiguas amistades, desaparecí de los lugares que frecuentaba, y me dediqué en cuerpo y alma a no fracasar.

Pero de nada valió que papá comprobara que no había vuelto a fracasar luego de dos años de fragor estudiantil. Mantuvo su miedo a decepcionarse y sus defensas en alto, y esas precauciones nos fueron distanciando hasta desconocernos. Papá, con el tiempo, se encerró en los discursos e ideologías del Centro Asturiano, y yo separé con mucho cuidado lo diurno de lo nocturno.

En mi vida diurna, cumplía los mandatos, y en la nocturna, los sueños. Es por eso que la literatura, lejos de la vagancia, fue siempre una laboriosa forma de la clandestinidad. Jamás pude escribir sin sentirme culpable, ni dejar de escribir sin sentirme en falta.

Discutiendo en silencio los apotegmas de Marcial, quise convertirme en su contracara. Leí a Sartre, a Nietzsche y a Freud, y abjuré de los chantajes cristianos, y cultivé el marxismo para rebelarme contra ellos y luego el peronismo para ser argentino a cualquier precio. Mi hermana era la hija perfecta, y yo me veía a mí mismo sufriendo el síndrome de la oveja negra que se me había diagnosticado. Mis padres eran pequeños burgueses equivocados, y en un momento dado yo era ateo, marxista, peronista y bohemio.

Papá intuyó esas herejías sin atreverse a enfrentarlas y mamá las tomó como fiebres juveniles. Ella, no obstante, acompañó cada ocurrencia con una sonrisa escéptica, pero participó activamente de dos empresas insólitas acometidas bajo el régimen militar: fui disc jockey amateur y luego editor periodístico irresponsable. Con los amigos que podían traicionarme y nunca lo hicieron montamos una organización profesional de bailes de fin de curso que nos permitió ganar poco dinero y conocer muchas mujeres, y después de la conscripción, una revista artesanal que desafiaba a la censura y por la que casi terminamos en la cárcel.

Marcial ignoró a propósito esos despropósitos, y anheló que el servicio militar me templara el carácter y me rehabilitara. Cumplí en el Comando del Primer Cuerpo de Ejército, a las órdenes del general Bussi, y no aprendí más que trampas y malos hábitos. Al volver de un mes y medio de instrucción en Los Polvorines, mamá lloró al encontrarme desnutrido y mi padre se regocijó al verme uniformado. Me interné un mes en el Hospital Militar para eludir el orden cerrado, y mi padre le dio un sermón a un teniente coronel médico sobre el respeto con que el ejército español trataba a sus reclutas, y mi madre sufrió cada día de aquéllos como si fuese a desatarse una guerra internacional y como si estuvieran a punto de enviarme directamente a la trinchera.

La guerra finalmente se desató, y gracias a los rezos y a las velas que se prendían en Almurfe, no me tocó combatir en las toscas de Puerto Argentino, pero al conseguir la baja anuncié que no sería contador ni abogado sino periodista, y mamá se sintió halagada y papá nuevamente descorazonado. El periodismo era otra argucia profesional de la haraganería, y yo sentía que al desafiar a mi padre me arriesgaba de nuevo a aquel terrible fracaso.

Cuatro años después era redactor especial de policiales en el viejo diario *La Razón,* y escribía todos los días un folletín de novela negra. Una tarde, después de la sexta edición, el teléfono sonó sobre mi escritorio y atendí distraído. Era papá, acodado en el mostrador del ABC. Sólo hielo había entre nosotros, pero esa tarde lo rompió con una pregunta inesperada: *¿Qué pusiste en el capítulo de hoy? Acá hay un gran revuelo. Me insisten con que te pregunte qué va a pasar mañana.*

Marcial se refería a sus parroquianos. *La Razón* era un diario popular y se leía muchísimo en los cafetines. No recuerdo mayor triunfo de mi prosa por entregas que aquella llamada fugaz. Papá siempre fue fugaz en la demostración de estos sentimientos. Desde entonces calló la mayoría de las veces, pero eligió instantes incómodos para decir cosas importantes. Siempre dice alguna de ellas cuando estamos por entrar a un ascensor, cuando está a punto de subir a un taxi, en el estribo del 161 o en el teléfono un segundo antes de cortar. Y, de hecho, durante los años de la guerra fría nada parecía haber en nuestras raras conversaciones a solas, como no fueran comentarios sobre el fútbol italiano y el ciclismo español.

Daba por supuesto que papá no sentía el mínimo orgullo por lo que yo hacía, cuando la silicosis y el cigarrillo lo voltearon por primera vez. Mamá lo internó de urgencia y yo le recriminé el vicio y le hice compañía. Una noche falté por un cierre, y le pedí perdón por teléfono. Como no lo veía a los ojos, y como la distancia me soltaba la lengua, le dije sin pensar: *Cuántos problemas te traje, ¿no?* Papá se puso serio:

—¿De qué estás hablando?

—Ya sé que no fui el hijo que esperabas, y que te traje muchos dolores de panza. Pero últimamente me estoy reformando, ¿no?

Se produjo un silencio tan profundo que pensé: *Se cayó la línea o le dio un bobazo.*

—¿Quién te dijo esa estupidez? —oí que me devolvía con voz ronca, y ahí me di cuenta de que estaba golpeado y sorprendido—. Siempre fuiste un gran hijo.

—No te creo, papá —me reí—. Mejorate.

Y le hice lo que me hace: le corté. Las lágrimas no me dejaban escribir, y tuve que levantarme para ir al baño y lavarme la cara.

A partir de ese diálogo absurdo, papá tomó conciencia de que una herida, y tal vez una pelea borrosa, nos habían divorciado veinticinco años atrás. Es extraño cómo las personas que más se quieren pueden lastimarse profundamente con un leve rasguño, y cómo un quiste chico y anecdótico puede convertirse en un tumor grande y maligno.

El oficio de la prensa, durante ese gélido cuarto de siglo, fue la estrategia necesaria para que me pagasen por escribir, y la literatura fue el motor que me transformó en un autodidacta; un adicto al trabajo en horas diurnas y un enfermo de los libros en las nocturnas. Sobrellevar esa doble vida, para no decepcionar a mi padre ni traicionarme a mí mismo, fue la odisea que esclavizó, y tal vez justificó en parte, esta patética carrera contra el tiempo que corro cargando las culpas paternas, la desdoblada ansiedad y la tiranía de dos vocaciones incompatibles.

Ya jubilado, hace poco papá se cruzó conmigo en la calle y me tocó la corbata. Lo vi viejo por primera vez. Me dijo: *Es increíble lo bien que aprendiste a hacerte el nudo*. Parecía sinceramente sorprendido. Era como si hubiera estado ausente durante décadas y como si volviera del exilio a recobrar lo que era suyo. Y era también, después de haber sido un esclavo, ese millonario sin plata que andaba por la vereda del sol pensando que todo había sido parte de un gran malentendido.

—Te maljuzgué —me dice ahora que tenemos tiempo—. Fui demasiado duro contigo. Te maljuzgué.

—Pero si tenías razón, papá. Las cosas salieron bien porque Dios es grande.

Una noche de 1999 soñé con la sortija de nudos que llevaba el maestro Vázquez en su mano izquierda. Me encontré sentado en la capilla del León XIII, junto al Cristo sangrante, de vuelta de las aventuras y los reveses de la vida, y vi que el maestro abría los brazos y se encogía de hombros: tenía las huellas de las balas de la Guerra Civil dibujadas en todo el cuerpo. Y luego caminaba yo entre cientos de desarrapados y menesterosos, rumbo a una catástrofe que significaba inequívocamente la miseria, y de pronto me tocaban la espalda y me volvía en cámara lenta. Y Marcial me apretaba el hombro y me decía al oído: *Yo te avisé, Jorge. Yo te avisé, pero no me hiciste caso.*

9. Gabi

No hay nada más parecido a un judío
que un asturiano.

No conozco a ninguna persona de bien que no haya urdido su propia utopía del Sur. La mía constaba de un lago espejado, una montaña con nubes bajas, un bosque, una cabaña alpina, una novela por la mañana, un artículo por la tarde, cazar ciervo colorado los fines de semana y reírme del hacinamiento húmedo y ensordecedor de los porteños.

Miles de nosotros dejamos todo para cumplir la gran quimera patagónica, y terminamos viviendo en un barrio proletario del desierto compuesto de bardas y de monoblocks deprimentes plagiados de Ciudad Evita. El único teléfono era público, quedaba a seis cuadras de mi casa y había que hacer cola a cualquier hora del día y de la noche, y rezar un padrenuestro para conseguir línea. A mi hija de tres años le codiciaban el pelo rubio y a mi mujer el auto, un cacharro abollado al que semana por medio le rompían la luneta. Los vecinos de arriba y de abajo se apaleaban, la música tropical a ciento cincuenta decibeles no nos dejaba dormir, el viento acumulaba un polvillo tan persistente y fino que no salía con jabón, agua ni virulana, y para ir al trabajo teníamos que esquivar los piedrazos y atravesar una villa miseria en la que ningún ciudadano de Fuerte Apache hubiera dejado que lo sorprendiera la noche. Yo trabajaba diecinueve horas por día, había engordado veinte kilos y estaba a punto de romper mi matrimonio.

Pero cuatro años antes era aquel muchacho de la izquierda nacional que escribía folletines, que había entrevistado a asesinos seriales en la cárcel de Sierra Chica y que se aferraba a la convicción de que podía pagar absolutamente cualquier precio para cumplir un sueño: abandonar familia y amigos, cruzar las fronteras, arriar las banderas, proletarizarme, sufrir el destierro, mentir, pecar y morir temprano.

Había aprendido en casa que un hombre debía tomar con urgencia los retos de la vida, abrirse camino a los codazos sin mirar atrás y purificarse en ese dolor, y me lo estaba tomando realmente muy a pecho. Era periodista profesional desde hacía cinco años y en 1986 todo a mi alrededor se caía a pedazos: los diarios nacionales y las revistas quebraban, las editoriales morían de inanición, la generación que me interesaba se había diezmado, la verdad verdadera no podía contarse, la ciudad era una prisión de pobres corazones aburridos y agotados. Mi mujer y yo teníamos veinticinco años y la última de las utopías posibles en un país y en un mundo que se quedaban sin utopías: el Sur. ¿Qué podíamos perder cuando ni siquiera imaginábamos que estábamos a punto de perderlo todo? *Nada* —nos decían—. *Si a esta edad no se atreven, no se van a atrever nunca.*

A esa edad yo era obviamente inmortal. ¿Quién no lo era entonces? Y sobre esa vanidad trabajaron para convencerme dos tipos audaces que editaban un precario matutino en el Alto Valle. Buscaban un brazo fuerte que tratara con los canas, los cadáveres y los homicidas. Y precisamente a esos menesteres me dedicaba en *La Razón* vespertina, aquel transatlántico que Jacobo Timerman había hundido y vuelto a reflotar antes de abandonar para siempre las lides. Yo había entrado por la ventana del periodismo político para una larga y diletante serie sobre el derrocamiento de Perón que Jacobo se empeñaba en publicar cuarenta días seguidos durante el alfonsinismo. Pero el secretario general necesitaba un redactor de policiales con suficiente hambre de panza y de gloria como para atravesar con su cabeza el muro del aburrimiento, arrancarle un pedazo caliente al muerto de cada jornada y volver a tiempo con la crónica chorreante de los hechos. Así que me sentó entre dos veteranos que mecanografiaban mentiras con dos dedos, y me convirtió en fuerza de choque.

Llegaba invariablemente de madrugada, leía los diarios y los cables, y alguien me asignaba una misión imposible. Un secuestro extorsivo, un ajuste de cuentas, un crimen misterioso, un accidente tranviario. Todo daba más o menos igual, con tal de que trajera la historia del día y la escribiera antes de las once y media. A esa hora partía el último tren de la primera edición, y no te salvaba ni Dios si llegabas tarde.

Mi vanidad sufrió al principio varios traspiés: los policías eran intratables y la competencia, feroz; los cadáveres te revolvían el estómago y las historias parecían complejas y había que contarlas con concisión y sencillez, pero también con novelesca seducción. Eran notas urgentes de primera plana que se escribían al filo del cierre en pequeñas servilletas de pizza de no más de veinte líneas a cincuenta y ocho espacios cada una. Todo estaba pensado y construido para la velocidad: un editor podía calcular de un vistazo la extensión, y la mayoría de las veces el mío me las iba arrancando de la máquina mientras yo seguía de memoria el curso del relato. El editor corregía la carilla, la doblaba en seis partes, la colocaba dentro de un cilindro de metal y la enviaba al piso de abajo a través de un tubo neumático que desembocaba con un extraño crujido en el taller. Luego me manoteaba la segunda hoja y hacía lo mismo, sin importarle demasiado si yo guardaba coherencia o si me estaba repitiendo. La rapidez era una obsesión, y el redactor un tiempista sin escrúpulos.

Construí mi propio diccionario policíaco, que tenía cincuenta sinónimos y antónimos de la palabra «malviviente», y verbos regastados de eficacia fulminante: no hay vocablo más rápido y certero que «desatar», ni metáfora humana del castellano moderno que pueda mejorar la frase «se desató un incendio». De manera que pronto dominé los lugares comunes y por lo tanto el oficio y, de paso, la mediocridad. Fui un magnífico atleta de la crónica roja, pero también un mediocre periodista incapaz de desaprender lo aprendido, un deportista de ideología muscular corriendo el maratón de la vida sin sentido ni dirección, repitiendo el destino anónimo de la prosa menor en papel de diario.

La base de la dicha plena radica muchas veces en la inconsciencia, y yo era en aquella época un gozoso inconsciente que por las mañanas investigaba crímenes irresueltos del presente, por las tardes exhumaba casos sensacionales del pasado y por las noches escribía literatura popular. Giubileo, Oriel Briant, Puccio, Penjerek y Robledo Puch, y en algún momento relatos de ficción por entregas sobre la mafia del fútbol y sobre las bandas paramilitares, que escribía sin dormir y con el cuchillo en la garganta para entregar el capítulo de cada día antes de que los gráficos abrieran a las cinco de la madrugada el taller y empezaran con la séptima.

Tenía toda la energía y el entusiasmo del mundo, me llevaba por delante el cansancio y los miedos, y alternaba con escritores fracasados, reporteros eruditos y alcohólicos, detectives cínicos, asesinos compulsivos y ladrones caballerescos. ¿Qué más se podía pedir? Se podía pedir que las cosas no cambiaran, pero la inflación no escuchaba súplicas, y los medios empezaron a derrumbarse uno tras otro, y hubo un momento en el que muchos periodistas pensamos seriamente que dejaríamos de serlo. El diario cambió de manos y cayó en picada, y se veía venir en las asambleas que un día dejarían de pagarnos el sueldo y que luego sobrevendrían la convocatoria de acreedores, la quiebra, las denuncias por vaciamiento y finalmente el cierre. De repente no se hablaba de otra cosa en el comedor de General Hornos, la pesadilla me quitaba el hambre y no pasaba día en el que no pensara que el sueño había terminado y que al final las admoniciones de mi padre habían sido desgraciadamente certeras.

En ese instante de debilidad, un excompañero me llamó desde el Sur, me contó maravillas y me dijo que el ofrecimiento incluía una jefatura de noticias, casa, auto y empleo para mi mujer. Luego, para seducirme, me describieron Neuquén capital como si fuera Nueva York, y me enviaron un pasaje aéreo para que lo comprobara. Cuando bajé del avión de Austral y me subí al taxi, escuché en la radio el mensaje de una oyente común: *Dice Perla del barrio San Lorenzo que tiene el perro de Eloísa y que la espera a las cuatro en la banquina.* Tuve el impulso de decirle al taxista que diera la vuelta, pero íbamos a tanta velocidad y el ejército de álamos era tan apabullante que me quedé quieto y dejé que el azar me llevara.

Luego el diario y su pequeña redacción de la calle Fotteringham; los neuquinos y su rara sabiduría y su acalorada rebelión federal; la prosperidad efectiva que respaldaban el petróleo y las regalías gasíferas, y el desafío de construir una sociedad joven desde donde todavía vale la pena luchar para cambiar el mundo me convirtieron en mi madre.

Ser emigrante se volvió así un destino familiar: lo acepté sin miramientos y le rompí el corazón. Ella, para entonces, era una persona completamente nueva.

Era moderna, enérgica, política e informada. Rodeada de gerentes y de secretarias ejecutivas, había recuperado la autoestima y se dedicaba a escalar posiciones. Los pesares no la habían matado, la habían hecho más fuerte y alerta.

Es curioso pero razonable: papá se volvió hacia adentro y mamá se volvió hacia afuera. Marcial era negador de la realidad que seguía doliendo, mamá se solazaba en ese dolor y mostraba sus garras. La negación es una sustancia divina: recomendable en pequeñas dosis, en altas conduce a la ceguera. ¿Quiénes viven más felices: los lúcidos o los negadores? Mamá tenía niveles bajísimos de negación en sangre, y por lo tanto su visión era hiperrealista: nos amenazaban todo el tiempo peligros impronunciables y posibilidades catastróficas, y sostenerles la mirada a esas desgracias era una suerte de responsabilidad civil. La sociología asturiana detecta tres clases de seres humanos: los que levantan paredes alrededor de su ombligo, los que arman escudos a razonable distancia y los que enfrentan los fusiles a cara descubierta. Estos últimos suelen ser los más solidarios y autosuficientes, pero también los más sufridos: les entran todas las balas y no hay dolor, por hecho, omisión o imaginación, que no les pertenezca. Vivir pensando que las mil toneladas de hormigón que nos cobijan pueden desmoronarse, que portamos en estos instantes un mal silencioso e invisible, o que podemos entrar en las estadísticas y morir al cruzar la próxima calle cambió su visión histórica y, por contagio, también la mía.

En la escuela de periodismo conocí, sin embargo, a otro hijo de asturianos que trataría de zanjar las diferencias filosóficas entre los extremismos de Carmen y Marcial. En Buenos Aires, los argeñoles son legión, pero los asturianos constituyen una secta invisible que se interconecta de un modo misterioso. González era marinero de agua dulce y yo soldado de infantería, y asistíamos en impecable uniforme a las clases nocturnas sobre el final de la conscripción. Pronto descubrimos nuestra tradición familiar en común y una nueva obsesión compartida: publicar una revista de circulación alternativa para vengarnos de los militares y para convertirnos en periodistas «comprometidos».

Nos hicimos amigos íntimos viviendo correrías de poca monta en los subsuelos de la dictadura, firmamos juntos nuestras primeras notas, mordimos el polvo, pateamos calles y mendigamos colaboraciones, y llegamos el mismo día y con el mismo afán al noveno piso de *La Razón*. Pero antes hubo nueve meses en blanco, mientras yo terminaba una novela sobre Malvinas que tiré completa al cesto de la basura, y mientras él se dedicaba en cuerpo y alma al almacén de Boedo y a la enfermedad terminal de su padre. Cuando nos reencontramos, esa muerte lo había cambiado drásticamente.

Su padre, Antonio, era un agricultor de San Martín de Oscos, otro pueblito vecino de Luarca, y el almacén donde fatigaba sus días quedaba en la calle México y llevaba el nombre del santo patrono de los asturianos: San Pelayo. Los médicos, luego de varios estudios, le habían confesado a González que Antonio no tenía ninguna esperanza, y que era inútil decirle la verdad. Por lo tanto, el hijo calló, lo acompañó en los ásperos tratamientos y se mantuvo despierto mientras los otros dormían. Vivió junto al viejo almacenero todas esas semanas sabiendo que moriría y presenció, desde esa horrible e impotente perspectiva, cómo se hacía mala sangre por minucias. Aquel contraste solía enojar al hijo, quien no podía creer que su padre agotara el último aliento en grandes amarguras por problemas menores de mercadería, de clientes, de proveedores y de mostrador. Hasta que se dio cuenta de que todos hacemos lo mismo con cada día de nuestras vidas.

Se propuso entonces ser un negador de las cosas falsamente relevantes, pero en verdad pueriles, y un hiperconsciente de las que verdaderamente importan, pero que postergamos. Por más que se esfuerza, no puede ahora tomarse en serio los dramáticos trámites del trabajo, pero se desgarra en las mínimas insinuaciones de cualquier padecimiento familiar o enfermedad. Lleva traje de amianto y tapones de cera, y jamás se quema en el fuego de la arrogancia profesional ni escucha los cantos de sirena del éxito ni de la opulencia, pero lleva la piel desnuda y sensible para las cosas vitales, que él tiene en claro más que ningún otro que yo trate o conozca.

La vida trata precisamente de las cosas que podemos cambiar y de las cosas que debemos aceptar de nosotros mismos, y también de la prolija discriminación que debemos practicar entre lo significativo y lo insignificante. Y siempre me impresionó su pequeña eficiencia para esas elecciones diarias, y para ser feliz contra los mandamientos de la inmigración. Se adquiere una inteligencia superior cuando se es obligado por el destino a ver en primera fila durante meses de agonía esta película de malentendidos y de patéticas locuras con que los humanos llenamos nuestros vacíos.

La visión de González, que derriba la apología del sacrificio y el endiosamiento del dinero y de las conquistas materiales, puertos de donde los emigrantes se aferran siempre para autojustificar su desdicha, sacudió mi manera de pensar, y puso en jaque el hiperrealismo y otras escabrosas convicciones que yo había heredado.

Aquella terapia de electroshock lo volvió un guerrillero asceta que combatía la cultura del consumismo y la neurosis gataflorista del medio pelo nacional. González sólo usaba ropa heredada de sus parientes muertos y yo tuve que acompañarlo a una tienda de Constitución para que se comprara zapatos nuevos por primera vez. Recuerdo que volvió loco durante dos horas al vendedor hasta que por fin le hizo entender que no le interesaban el diseño ni el color ni el precio ni la moda, sino simplemente que los mocasines fueran bien «cerraditos». *¿Cerraditos?,* le preguntó el empleado a punto de perder la línea. *Los necesito bien cerraditos para que no se me mojen los pies cuando baldeo el almacén,* le explicó González, impasible. Diez años después de aquella pequeña lección de utilitarismo, era un periodista consagrado, había denunciado al mayor jefe mafioso de la Argentina, había soportado amenazas y rechazado fabulosos intentos de soborno, y andaba por la ciudad con un maltrecho Renault 4 verde loro que algunos colegas tomaban como una magnífica extravagancia, pero que yo sabía era su particular modo de subrayar que todo es superfluo, que nada es permanente ni serio, que el dinero es menos importante que el control de esfínteres. Y de paso que la fe ciega en el sacrificio es una riesgosa superchería, la culpa una extorsión, el orgullo un pasatiempo inútil y dudar el gran verbo de la inteligencia humana.

Los inmigrantes exitosos que yo conocía jamás se permitían dudar. Llevaban anillos de oro y relojes de diamantes, fumaban habanos del tamaño de un fémur, les regalaban 4×4 a sus hijos para sus cumpleaños y alardeaban de sus restaurantes y hoteles alojamiento como si fueran grandes castillos ganados al enemigo.

González pensaba que el Santo Grial de la vida era ser muy fuerte para necesitar muy poco. Nuestra discusión, a lo largo de los años, fue sin embargo acerca de la única certeza que nos quedó. *La única certeza que tenemos es la muerte y, en consecuencia, ¿qué tiene de malo inventarnos juegos laboriosos y arrogantes, como la fama y el dinero, para distraernos de esa verdad última y temible, González?*, le preguntaba para importunarlo.

El juego de mamá, que es tan bueno como cualquier otro, y que al final es el más clásico de los juegos emigrantes, fue justamente el progreso: arrastró a papá a cinco mudanzas alrededor de Palermo y le reprochó que despreciara ese empeño por ganarle la pulseada al diablo.

Todo empezó, en realidad, cuando vendimos Campos Salles y compramos un departamento a cincuenta metros de la vieja casa de Ravignani. Marcelino lo visitó contrariado, se paró en el medio del comedor todavía vacío, apoyó sus puños en las caderas y dijo entre dientes: *¿La verdad? Nunca pensé que iban a conseguirlo*. Esa misma noche, él y su esposa discaron durante horas y horas, y llamaron por teléfono a la grey de amigos, parientes y vecinos de Almurfe para contarles, abatidos, la injusticia. *Nos quedamos solos,* decían para asombro de todos. Carmen estaba de pronto fuera del poder y del alcance de Marcelino Calzón, y a él cincuenta pasos le parecían cincuenta cuadras, cincuenta kilómetros, cincuenta siglos de aislamiento y clausura.

Esa primera mudanza ocurrió cuando yo tenía diecisiete años y todavía no había sido sometido a la experiencia militar, ni me había enamorado de una estudiante de Medicina, ni había conocido al enigmático señor González ni me habían gaseado en Plaza de Mayo, ni me había convertido en periodista comprometido y luego en impensado cronista policial, ni me habían ofrecido emigrar al paraíso de los álamos talados.

Recuerdo que aquel momento prodigioso ocurrió durante las vacaciones de la secundaria, que yo trabajaba en una sastrería de Callao y Sarmiento, y que llegué cuando el camión ya se había marchado. Mamá corría de un lado para el otro entre canastos, y emanaba una felicidad fosforescente: nos habíamos mudado a la civilización y habitábamos el séptimo cielo.

Al poco tiempo, los tíos anunciaron previsiblemente que la casa les quedaba grande: se la vendieron en tiempo récord a un matrimonio de Galicia y compraron al lado un tres ambientes con balcón a la calle. Marcelino vació los recuerdos del sótano, del altillo, de la pieza de Mino y de la terraza, y le regaló todo al botellero.

Dos años más tarde, un médico le descubrió un cáncer de próstata.

Mamá pidió a Eveready una licencia, lo internó en el hospital y lo cuidó siete meses. Terminó aullando de dolor, y mi hermana, que era una devota salesiana de María Auxiliadora, nos preguntó inocentemente: *Si le duele tanto, ¿no será porque Dios le está haciendo pagar algún pecado?*

Lejos de esos aullidos e interrogantes, ignorando la suerte de su esposo y también la propia, Consuelo se desorientaba en los corredores y galerías del mal de Alzheimer. Las sucesivas desmemorias la habían conducido, hacía más de seis años, al neurólogo del Hospital Español. El médico le realizó los análisis y fue franco con la familia: la tía tenía mala irrigación de sangre en el cerebro y había que medicarla.

Los medicamentos, al principio, surtieron algún efecto, pero luego la lucidez se fue apagando como el sol en un atardecer y, para cuando Marcelino agonizaba, su discernimiento era intermitente y escaso. Perdía el conocimiento o se quedaba en blanco, se levantaba de noche y, creyendo que era de día, preparaba el desayuno, y se hacía pis encima, y confundía a su marido con su hermano.

Su obsesión, en aquella época calamitosa, consistía en escaparse de casa. Una tarde la enfermera del barrio la encontró en Puente Pacífico. Consuelo estaba parada en la vereda, en medio de una multitud que la cruzaba de ida y de vuelta:

—Consuelo, ¿adónde va? —le preguntó.

Ella parpadeó sin reconocerla, y le dijo:

—No sé, estoy buscando a mi hermano.

La enfermera la tomó del brazo y la trajo de regreso a Ravignani. Mamá se dio cuenta de que ese día Consuelo podría haberse perdido para siempre, y haber terminado en un manicomio público o mendigando por las calles, o muerta de frío en el umbral de un edificio remoto.

Decidió entonces extremar los cuidados. Le pidió a una vecina que acompañara a su tía durante las mañanas y la dejara encerrada en el departamento hasta que Carmen volviera del hospital. Carmen volvía y estaba con ella hasta la cena, la acostaba a dormir y le cerraba con llave. Luego llegaba exhausta a nuestra casa, nos lavaba y planchaba la ropa, preparaba la comida y caía desmayada hasta el día siguiente, que era un día idéntico y cruel. Meses de esa rutina, entre el dolor del cáncer, los desvaríos de la demencia senil y el miedo a perder el trabajo, llevaron a mi madre hasta las vías de Arévalo, donde como se ha contado estuvo a punto de partirla al medio el traicionero tren de Belgrano.

Una tarde se retrasó con los médicos de Marcelino, y Consuelo se subió a la baranda del balcón y estuvo jugando un rato con la idea de tirarse a las ramas del árbol. Mamá llegó cuando un grupo de personas le gritaban desde abajo que recapacitara. Carmen entró, la tomó de la cintura y la sentó en un sillón del living.

—¿Adónde iba, tía? —le preguntó haciendo fuerza para no llorar.

—A buscar a mi hermano —le respondió, impávida.

—Usted no tiene hermano, tía.

—Marcelino es mi hermano, Carmen.

—Marcelino es su marido.

—No —dijo moviendo un dedo. Después se encogió de hombros—. Si yo no me casé...

—Sí se casó.

—No me casé nunca.

—¡Marcelino es su marido! —explotó en un arranque de nervios. Fue hasta la cómoda y trajo la libreta de casamiento. La abrió en dos, se la puso entre las manos, y le gritó—: ¡El hijo de puta de su marido!

Consuelo se quedó en silencio, con la libreta en el regazo. Luego sus ojos glaucos abandonaron la evidencia y se posaron en Carmina, que buscaba su pañuelo.

—Creí que era soltera —reconoció al fin. Hizo una pausa y volvió—. ¿Así que fue un hijo de puta?

A mamá le temblaban los labios. Se secó las lágrimas y, como aquella otra vez, negó con la cabeza.

Pasaron tres semanas, y el vecino de la planta baja citó a mamá a la hora del té. Consuelo hacía ruido de cacerolas y ponía el televisor a todo volumen durante toda la noche, y dejaba prendido el gas: *Vamos a volar por los aires* —le dijo, y hablaba en nombre del consorcio—. *Tiene que darle un corte a este asunto. No puede seguir así.*

Mamá se sentía mortificada pero sabía que todo iría de mal en peor, y que tarde o temprano sucedería un accidente o una tragedia. Tomó aire y buscó una clínica para internarla. Encontró una limpia y acogedora en la calle Charlone. El director le sugirió que la trajera engañada. Mamá estaba llena de remordimientos, pero sabía que sería imposible llevarla por las buenas. La sentó de nuevo en el living y le tomó las manos:

—El médico tiene que hacerle unos estudios.

—Pero yo no me quiero internar.

—Usted no está bien, Consuelo. ¿Se da cuenta de que no está bien?

—Sí, me doy cuenta —asintió, y siguió asintiendo un rato. Luego respiró hondo y dijo—: ¿Y allá voy a estar bien?

Le preparó el bolso, la llevó en taxi y la dejó con un abrazo larguísimo. Volvió a casa llorando y sintiéndose una miserable, vadeó el insomnio y a primera hora de la mañana le comunicó a Marcelino la novedad. Marcelino empezó a llorar a los gritos y a decir: *¡Pobre Consuelo, mira en lo que terminamos! Mira en lo que terminamos.*

El martes, cuando mamá la visitó por primera vez, Consuelo parecía completamente curada.

—¡Sacame de acá! —le dijo—. Tengo mucho que hacer. Este sitio no es para mí. Yo no estoy enferma ni loca. Estoy muy bien.

Hubo un momento en el que Carmen estuvo a punto de creer que allí se había obrado un milagro, pero enseguida Consuelo volvió a hablar de su «hermano» y volvió a caer en incoherencias absolutas. El director de la clínica se llevó a mamá a su despacho, y le aconsejó que fuera fuerte y que tuviera paciencia: *Es un mal irreversible y usted está haciendo lo correcto.*

Se sentaron en sillones de jardín y Consuelo desconoció a sus sobrinos y se abocó a recordar en voz alta, y en detalle, episodios intrascendentes de Almurfe de principios de siglo. Al final del horario de visitas, la tía acarició la cara de mamá como la había acariciado al llegar de España, y le dijo en un susurro: *Traeme mis galletas, Carmina. Solamente quiero mis galletas.*

La clínica le servía cuatro comidas abundantes, pero Consuelo necesitaba, como lo había hecho durante toda su vida, tener a mano entre horas las latas con las galletas de agua y también con las dulces. Mamá le compró tres latas, y le pidió al administrador que se las pusiera en la mesada de la cocina y que nunca le faltaran.

Consuelo ayudaba a limpiar y a preparar los almuerzos y las cenas, y un día, paseando del brazo por la inmensa casa llena de malvones y ancianos taciturnos, le dijo a mamá: *Vení que te invito unas galletitas. ¿Sabías que tengo tres latas en la cocina?*

Los médicos no quisieron que Carmen le contara que su «hermano» finalmente había muerto. Y ella, totalmente nublada, vegetó un tiempo hasta que una hemiplejía idéntica a la de Teresa y similar a la de Mino la mandó al hospital. Una noche, atada a la cama y conectada a sondas y cables, recuperó de repente una cierta conciencia y le hizo desesperadas señas a mi madre para que la librara de esos tormentos. Mamá buscó a la enfermera y al médico de terapia intensiva, que ya la había desahuciado.

—Quiero que le saquen todo —les dijo.

—No podemos hacerlo.

—¿Se va a morir igual?

—Sí.

—Quiero que le saquen todo ya mismo.

Firmó un papel, y la desataron y le quitaron el cablerío. Consuelo parecía mejor, y de hecho vivió cuarenta y ocho días más en esa cama, asistida por su sobrina, que la peinaba y perfumaba, le hablaba sin esperar respuesta y le daba en la boca cucharaditas de té con leche o sopa tibia.

Hubo un día en el que los antiguos y venerables porteros del colegio Vicente Fidel López se fundieron en el olvido del cementerio de la Chacarita. Y mamá, convaleciente de esas tormentas y de todos esos lutos, viajó a España con Mary por Iberia, y le regaló a María del Escalón una alianza de oro fabricada especialmente por un primo joyero, para que mi abuela la llevara por fin en el anular de la mano izquierda, puesto que jamás el verdadero hermano de Consuelo se había ocupado de cumplir con esa elemental cortesía.

Nunca estuve tan alejado de mi hermana y de mis padres como en aquellas etapas de la primera juventud, cuando la literatura, la rebeldía y el amor ocupaban todo mi tiempo. Durante la secundaria había tenido, como cualquiera, amores ocasionales, primaverales e intensos, y venía de un noviazgo traumático cuando conocí a Gabi. Yo había entablado un romance doloroso y pasional con mi mejor amiga de entonces, y luego con su compañera de banco, y después con una chica ligera del barrio, y al final con una mujer intrigante de Caballito que había encontrado muerto a su padre en el baño y que precisaba un mapa detallado para descifrar lo que verdaderamente quería. Luego supe que toda mujer es una intriga y que conviene siempre estudiar los mapas y las cartas de navegación, pero en ese entonces, y a pesar de estar leyendo a Dostoievski y a Hermann Hesse, solía yo confundirme a mí mismo con una persona simple, y me puse a buscar un alma gemela entre las amigas de mis amigos.

Gabi quería ser médica y era bella, dulce y aguda. Tenía por vocación una rareza nacional: la vocación de servicio. Y para delirio del psicoanálisis y de los estudiosos de las sectas ibéricas, había nacido el mismo día que Carmen y era hija de una asturiana que se había criado a poca distancia del pueblo de Marcial. Nos besamos a la salida del Petit Colón, nos enamoramos en una sala donde daban *Manhattan* y nos intercambiamos cientos de cartas de amor antes, durante y después del servicio militar. A los dos meses supimos que la cosa terminaría en matrimonio y a los tres murió su padre de una afección hepática.

Recuerdo con un escalofrío las escenas espantosas que protagonizamos en la Clínica Bazterrica, y cómo esa muerte prematura devastó a una familia, convirtió a Gabi en padre y a Pacita, su madre viuda, en una locomotora. Mi suegra no se parecía en nada al arquetipo trágico del emigrante. Mamá le envidió enseguida la elegancia, el garbo y eso que ella jamás tendrá: la costumbre de encontrar siempre una buena excusa para ser feliz. Gabi heredó de su madre esa inestimable fortaleza, esa austera alegría, ese optimismo a prueba de balas. Tanta hidalguía genética aventó la posibilidad de que la tragedia de 1980 las hundiera y evitó que, por el momento, yo necesitase nuevamente de mapas para navegar en aguas alevosas.

Mamá reconoció en Gabi, sin embargo, muchos de sus propios defectos: la intolerancia a la equivocación, el liderazgo natural, la responsabilidad detallista e infatigable, el pragmatismo y el coraje. Y obviamente la adoptó sin reservas. Al principio, Gabi no entendía bien el español cerrado de Marcial, pero se dio cuenta de que recibiéndose de médica enmendaría de alguna manera la defección universitaria que yo había cometido. Papá se entusiasmó al saber que Gabi garantizaría que yo no me malograra.

Fue por entonces cuando, en un control ginecológico de rutina, le descubrieron a mamá un fibroma. No era para preocuparse, pero había que vigilarlo. Pasó el tiempo, y el tumor creció y hubo que preparar sala y bisturí en el Sanatorio Güemes. Sería una pequeña intervención, media hora y nada más. Pero las maniobras duraron siete, y Marcial, Gabi y yo nos comimos las uñas en el bar de enfrente simulando entereza y pensando lo peor. Luego Gabi habló con el cirujano y se enteró de que le habían encontrado quistes diseminados, que le habían extirpado los ovarios y el útero, y que la biopsia por congelación pronosticaba algo maligno.

Papá estaba aniquilado y no escuchaba lo que le decían. La biopsia definitiva tardaría una quincena, y nuestro nuevo objetivo consistía en lograr que Carmen se pusiera fuerte y saliera adelante, para lo cual resolvimos engañarla. La trajeron desvanecida y acerada, y yo me senté en el borde de la cama y le tomé las manos, y me preparé internamente para algo inesperado: verla morir. Siempre es inesperada e inconcebible la muerte de los seres queridos cuando uno tiene la edad de la omnipotencia.

Pero mamá no murió, como se esperaba, sino que volvió de la anestesia, aceptó como buena la versión de que todo había salido bien y no le dio importancia a nuestros reparos. A los quince días, papá volvió con un papel y con una noticia sutil: *¡Mamá no tiene cáncer!* Mary y yo abandonamos la fría prudencia, y la abrazamos a los gritos. Y papá se sirvió un vaso de tinto amargo con soda, respiró profundo y le dijo a Gabi al oído: *Nunca estuve tan cagado, y nunca fui tan feliz como en este momento.*

Mamá daba por descontado que no había llegado su hora, y en los días posteriores a la fiesta de la resurrección cayó en una depresión de manual. El médico de Eveready adjudicó la tristeza al postoperatorio, pero mi hermana creía, y no se equivocaba, que la herida era más profunda.

Los tíos ya no existían, la bonanza había llegado y, después de un buen susto, Dios le garantizaba una buena tregua. Mamá tenía cincuenta años y sentía que en ese quirófano había dejado la hambruna, el exilio, el desarraigo, la soledad, el acoso, el sojuzgamiento, las deudas y otras penas crudas de su mala estrella. Pero también le habían extirpado de algún modo las metas, esas zanahorias que inventó el horizonte para hacernos creer que algún día podremos atraparlo.

Las chances de morir y esa fuerte sensación de fin de época, la crisis de los cincuenta y cierta rebelión tardía la hicieron fantasear con ser libre por primera vez, y con lanzarse irresponsablemente hacia alguna aventura. Tenía una segunda oportunidad, y aunque las adversidades y las malas rachas la convirtieron en una creyente, había leído en algún libro que sólo se vive una vez e intuía que, tal como postulaba el enigmático señor González, desaprovechar ese regalo era un pecado mortal.

Dos y dos son cuatro: Carmen pensó con mucha seriedad y detenimiento la posibilidad de radicarse definitivamente en Almurfe. No le interesaba, en ese trance, volver simplemente a España, ni llevar marido e hijos con ella. Sólo imaginaba volver al lugar exacto donde su destino se había roto y tratar de repararlo con alguna clase de pegamento. Imaginaba, boca arriba, qué podría pasar si hiciera las valijas, embalara algunos muebles, se instalara en la casa de la carretera, y pasara el resto de sus días con su tía Josefa, con María del Escalón, con las vacas y el prado, con los perros bravos y con los cerdos de la fragua. ¿Existe la máquina del tiempo? ¿Podría volver a ser aquella que fue? ¿Era posible desandar los pasos hasta la encrucijada, elegir otra senda y empezar de nuevo? Luego, hecha un ovillo, se avergonzaba de tan mezquinos pensamientos, y trataba de negociar con ellos.

La noticia de mi casamiento la distrajo unos años, y cuando retomó el hilo volvió a ser, como de costumbre, demasiado tarde. Mi matrimonio era motivo de orgullo y de preocupación. Gabi y yo éramos muy jóvenes, y los ahorros escasos. Habíamos dividido nuestras tareas de la siguiente forma: ella estudiaría día y noche para recibirse, y yo juntaría moneda sobre moneda para entrar con seis meses de alquiler pagados por adelantado. Era, en esos amaneceres, cobrador en un laboratorio alemán y, desde ya, novelista secreto. González, enterado de un conchabo, me invitó a formar parte del staff de una revista por suscripciones. Resultaba todo un dilema abandonar lo seguro por un simple sueño, pero terminé renunciando a la administración y abrazando apasionadamente el periodismo: la revista duró tres meses y cerró, y recién casados nos quedamos sin el pan y sin la torta.

Aunque llegar indemnes al Registro Civil el día de los Santos Inocentes no fue tarea fácil. Mamá reconocía en nuestra precariedad la suya de no hacía mucho. Yo acechaba sus muebles y trastos, y quería llevarme conmigo hasta las tapas de los enchufes. Un día vi en la cocina que, como para sí, mamá comentaba: *Tengo que cambiar esta heladera*. Salté de la oscuridad y le dije: *Te tomo la palabra*. Mamá nos regaló heladera, colchón, sábanas y fiesta, y convirtió nuestro casamiento en prioridad nacional.

No hubo ceremonia religiosa ni marcha nupcial ni vestido blanco ni salón porque iban en contra de mis nuevas creencias y de nuestras posibilidades. Pasamos una breve luna de miel en Mar del Plata, fraccionamos a menú fijo por día el resto de nuestros ahorros, y algunos meses después Gabi quedó embarazada y yo conseguí trabajo en el diario de la tarde.

Por unos años lo mejor que nos pasó fue que no nos pasaba nada. Carmen se transformó en abuela de Lucía y en una pequeña burguesa del barrio de Palermo interesada por la actualidad y por sugerirle a su hijo que defendiese la causa de los humildes en las trincheras periodísticas desde las que disparaba. Este requerimiento demagógico no amenguó con el paso del tiempo, y de hecho estoy seguro de que, si hubiera un mínimo de justicia en los dados con los que Dios siempre juega, Carmen Díaz hubiera llegado a ser una gran periodista. En mi época adulta, convertido ya en editor, la llamé muchas veces para que eligiera entre dos tapas, y acuñé una frase irritante para corregirles notas a mis redactores: *Si mi mamá no lo entiende es porque está mal escrito*.

Cuando le anuncié que pensábamos irnos a vivir al Sur, mamá sintió que la apuñalaban. Papá, en cambio, dijo como Cristo en la cruz: *No saben lo que hacen*. Y siguió con sus cosas. Pero mamá sabía que se trataba de un buen negocio y que me había educado para progresar y para cumplir mi destino. Después de la conscripción y de las escaramuzas contra el régimen de Galtieri, yo me había vuelto insensible al dolor y temerario.

González, como siempre, hizo de abogado del diablo e intentó que yo entrara en razones. Pero falló. Ya me había habituado a meterme mar adentro, a enfrentar las peores mareas y a salir entero. Nunca había sufrido los calambres que casi ahogan a mi padre aquella plateada tarde en el Cantábrico. La vida todavía no me había cacheteado, ni sabía todavía lo que es bracear y bracear en el océano, y ver la costa inalcanzable, y sentir que las olas no nos dejarán volver, que no habrá fuerza suficiente y que todo ha sido un lamentable error de cálculo.

Con enorme ligereza, como quien se va de vacaciones dos semanas a un balneario, me despedí sin dramas de todo y viajé mil doscientos kilómetros hasta la avenida Argentina, un espinazo que nace en río de montaña y que se eleva hacia miradores de tierras fértiles e inabarcables. Esa avenida encaja peligrosamente en la utopía del Sur. Sobre ella alquilé un departamento y sobre ella pensé que la Patagonia era efectivamente el paraíso, y no el patio de atrás del patio de atrás del mundo, una maravilla seducida y abandonada que el egoísmo porteño y la venalidad de los políticos locales fueron vampirizando y empobreciendo.

La primera de una serie de graves equivocaciones que cometí en Neuquén fue trasladar mecánicamente aquellos vicios de la profesión. De inmediato quise sacar partido de un crimen: un campesino de Zapala había asesinado a su mujer delante de sus hijos, había atado el cadáver a su arado, había arado con ella la tierra, y al final se había ahorcado con una soga. Con aquella «novelesca seducción» y un truculento afán por el detalle, narré los acontecimientos, levanté las ventas y al día siguiente las fuerzas vivas firmaron un comunicado repudiándome y el intendente en persona me llamó para preguntar cómo me atrevía a dañar de esa forma la reputación de Zapala.

Siete días después denuncié a una patota, y su jefe y su amenazante madre me interceptaron en el vestíbulo del diario para cantarme cuatro frescas y para marcarme. Un narcotraficante, que resultó ser mi vecino, me tocó el timbre y estuvo a punto de romperme la boca. Un sospechoso se me cruzó en el mercado y me llenó de insultos. Un policía corrupto me dio información y terminó muerto en circunstancias oscuras.

Todos, culpables e inocentes, marginales y estadistas, quedaban demasiado cerca. De pronto, lo que yo escribía tenía consecuencias directas, inmediatas y a veces horrendas en la realidad, y para no cometer injusticias ni trastadas, tenía que aprender a ser riguroso y responsable, a dudar de mí mismo, y a luchar contra el sensacionalismo, contra el apresuramiento y contra el maquillaje de los hechos. Esa ética de la verdad pura, aprendida a los golpes, me sacó canas verdes, pero me convirtió en otra clase de periodista y de persona. Comprobé sobre el terreno que las cosas no son blancas ni negras, sino desconsiderablemente grises: grandes héroes cometen grandes canalladas, y grandes canallas consuman emocionantes actos heroicos. Redimensioné la objetividad y entendí que lo real tiene la mala costumbre de ser ambiguo.

También me dieron los neuquinos una contundente lección del poder. En lugares pequeños, un testigo privilegiado puede aprender cómo funcionan en serio la política, la justicia, la dádiva y la ambición. Todo es más simple dentro de estas maquetas donde las verdaderas intenciones y las malas artes se ven de manera próxima y cristalina. Luego en las grandes capitales todo parece más complicado y confuso, pero nadie que haya pasado por ese laboratorio puede engañarse: debajo de la sofisticación urbana, se libra siempre la misma sorda guerra por imponer la voluntad y salir impune.

Algo similar sucede con la mayoría de los diarios de provincia. El tamaño importa, y la precariedad asusta. Rápidamente quedó claro que yo había saltado de un portaaviones decadente a un velero averiado, y que los ciclones del país nos borrarían. La posibilidad de que el joven diario se hundiera me espantaba. Se trata aún hoy de un mercado diminuto y la perspectiva de seguir siendo periodista en Neuquén luego de una debacle resultaba sencillamente un delirio.

Me metí como una tromba en todos sus negocios, desde la publicidad oficial hasta la circulación. Transformé al diario en mi patria personal, combatí sin desmayos a sus enemigos internos y externos, suspendí mis propios días francos y fui, a la vez, jefe de noticias, jefe de policiales y regionales, jefe de redacción y jefe de cierre. Adopté, para colmo, su ideología federalista bajo la coartada intelectual de que la batalla económica contra el centralismo era otra forma de la lucha de clases. Se trataba de una creencia oportunista. Los hombres disfrazamos las necesidades con costumbres, modas, culturas y religiones funcionales a nuestro propósito más elemental. Los nuevos boleros provienen del sida, que primero terminó con la promiscuidad, y después puso de moda la monogamia, más tarde el reciclaje del amor burgués y al final las canciones de Manzanero. Hubo un momento en el que yo me encontré siendo un militante voraz de esa revolución inconclusa, pero todo derivaba de miedos y miedos, y al final del miedo original: haber emigrado, haber dejado atrás pedazos de mí mismo, y perder la única evidencia física de que no me había equivocado.

Todo ese tinglado de anhelos y suposiciones me envileció y me alejó de mi mujer y de mi hija, a quienes desatendí en momentos decisivos bajo la suposición de que tenía cosas más importantes que hacer. Un viejo amigo, militante del Partido Comunista argentino, se encontró un día respondiendo por teléfono los pedidos de su esposa: *Pero cómo me llamás por las expensas, ¿no ves que estoy haciendo la revolución?*

Gabi armó y llevó a cabo completamente sola la pesada mudanza, se instaló con Lucía en el departamento alquilado sobre la avenida Argentina y estuvo llorando un año seguido. Luego se curó de repente, y yo comencé a sufrir en mínimas pero hirientes porciones. Ella se tomó el cianuro de un trago, yo lo fui saboreando amargamente durante un largo tiempo. Recuerdo que fumaba atados de cigarrillos negros al borde del asma, y que comencé a engordar hasta parecer un hipopótamo rubio. Gabi se sentía una viuda los viernes, sábados y domingos empujando un carrito por las calles de aquella ciudad cruzada por familias alegres y desconocidas que ni la miraban. Y hasta que comenzó a trabajar no hicimos otra cosa que destratarnos día tras día, pero cuando tuvo trabajo nos dedicamos a ignorarnos a veces con ganas y otras con la desidia de los doblegados. Es un síndrome muy conocido entre los emigrantes modernos:

pocas parejas sobreviven a esas soledades sin parientes ni amigos ni intermediarios a su alrededor. Allá lejos, uno sólo tiene al otro, y es imposible eludir una convivencia frente a frente. Decenas de matrimonios que conocíamos se fueron al tacho en los primeros seis meses, y nosotros hicimos equilibrio en la cornisa.

Mamá fue sobresaltado testigo de esos fracasos y resbalones. Acompañó a Gabi al aeroparque y se revolvió noches y noches en otro insomnio desgarrador. *Viéndola caminar hacia el avión con Lucía en su mochila se me rompió algo en el pecho y te juro que me sentí de nuevo en Vigo* —le confesó a Pacita, que se limpiaba el rímel corrido con un pañuelo—. *¡Puta que lo parió! ¿Por qué siempre tenemos que vivir alejadas de nuestras familias?*

Mil doscientos kilómetros no son catorce mil, pero se le parecen bastante. A mamá le gustó Neuquén, pero se horrorizó al ver cómo trabajaba veinte horas por día y cómo Gabi y yo nos recriminábamos las pequeñas cuestiones para evitar las más grandes y peligrosas. Se abstuvo, sin embargo, de interferir, aunque me consta que lo hubiera hecho en mi contra. A cambio de eso, retrocedió a Buenos Aires y se hizo íntima amiga de su consuegra, quien trató de transferirle algo de su inteligencia, basada en la resignación filosófica y en un siempre retemplado espíritu práctico.

Nuestra ausencia las unió y las volvió independientes e inseparables. Juntas, contracara una de la otra, fundaron un club informal de mujeres de armas tomar. Jubiladas, españolas y vehementes, todos los domingos debaten en un bar de Coto la historia reciente y sus despojos. A esa mesa se sienta la más vehemente de todas: mi tía Maruja. Le digo «tía» aunque en verdad no lo es, pero ha sido amiga incondicional de mi madre desde que yo tenía ocho años y preparaba la primera comunión con su hijo Ramón. En 1969 ellas venían caminando por Guatemala, ensimismadas en sus historias antagónicas, mientras Ramón y yo tocábamos los timbres y corríamos para no ser atrapados. Ramón ya pintaba lo que luego sería: un muchacho buenazo y corpulento, mi superhéroe de la infancia.

Luego de compartir catequesis compartimos yudo, y una vez, en ausencia de los profesores, Ramón cerró por dentro el salón acolchado y apagó las luces, y veinte yudocas jugamos al todo vale en una función que duró media hora y que dejó heridos y contusos. Recuerdo que salió en mi defensa frente a un «pesado» en una plaza de Carranza y Santa Fe, que lo levantó del cuello con dos dedos, le quitó la respiración y lo arrojó luego a un costado como a una bolsa de papas. Que casi desmayó de una trompada a su portero cuando el infeliz quiso propasarse con Maruja en un ascensor, y que intentó sin éxito levantarse una noche a mi prima en un baile de colegio que terminó a las cuchilladas. También que un día, en plena crisis adolescente, le dijo a mi tía: *No te extrañe que un día de éstos vaya a suicidarme*. Maruja, aplicando la dialéctica asturiana, le respondió sin parpadear: *Pero me parece muy bien, hijo mío. Los gustos hay que dárselos en vida*.

Dejamos de vernos como dejamos de hacer tantas cosas. Más adelante se verá, sin embargo, el prodigioso modo en el que Ramón daría un primer paso que pondría en cuestión todas nuestras certidumbres acerca del destino. Lo trascendental fue que, independientemente de Ramón y de mí mismo, durante mi exilio sureño nació aquel club secreto integrado por Carmen de Almurfe, Maruja de Gijón, Ana de Santander, Pili de Barcelona, Pacita de Taramundi y otras parientas reales y postizas que recelan de los intereses últimos de los hombres, se apoyan unas a las otras, y les dan indignada batalla verbal al saqueo y a la decadencia de su verdadero país: la Argentina.

En esa mesa redonda mi madre encontró la manera de enfrentar todas las penas de la desmembración. Aun así volvió a trastabillar en 1989, cuando mi hermana andaba en mal de amores, liada con un actor que le llevaba unos cuantos años y que Marcial ignoraba como si estuviera hecho de antimateria. El muchacho intentaba ya no congraciarse, puesto que eso le parecía todo un portento, sino apenas que papá le devolviera algún día la palabra. Hacía lo imposible por conseguir ese único y parco gesto, hasta que una noche se sentó a su lado mirando televisión. Luego de veinte minutos de zapping, apareció un cómico travestido en pantalla y Marcial por fin pronunció una oración entera. Dijo: *No hay nada que hacer. Estos actores son todos putos*. Lo hizo con su acento españolísimo y cerrado, y el pretendiente fue hundiéndose en el sillón como en las arenas movedizas.

Mary sufría con esa relación pero no podía cortarla, y entre eso y nuestro éxodo y los vendavales de mi matrimonio y del suyo, mamá tiró un día la toalla. Gabi viajó para tratar de ver qué podía hacerse, temerosa de que Carmen plantara todo y se fugara entre gallos y medianoche para Asturias. Al tocar Palermo, el cuerpo de Lucía se brotó. Un eritema polimorfo, extrañísima e inexplicable erupción de la piel, se encarnizó con mi hija y la persiguió tres días infernales. Gabi no durmió en toda una semana, y Carmen mudó su rol de víctima en enfermera, y así fue como pasó el chubasco y como mamá enderezó el timón anímico. Luego Mary dejó al actor y a la carrera que se le tenía predestinada, tomó su propio rumbo, se hizo maestra y después directora de escuela, y llegó así mucho más lejos de lo que hubieran soñado los antiguos y solemnes porteros de la calle Ravignani.

Dice mi madre que con el transcurso de los años fue creyendo la mentira que le contábamos. Gabi y yo nos mentíamos a nosotros mismos al asegurar que éramos felices y que nos quedaríamos para siempre en el Sur. Ni la verdadera felicidad ni nuestros más profundos deseos afloraban en ese combate de dientes apretados y anteojeras que afrontábamos en aquellos años de distanciamiento, aguante y bruma.

El diario flaqueaba y tengo presente que para dar el ejemplo, sin que nadie me pidiera tanto y dejando perplejos a todos, me bajé el sueldo, me quité el alquiler y nos confiné a un barrio sórdido, a leguas de la avenida Argentina y de la quimera patagónica que habíamos acariciado en aquellas eras inmemoriales en las que todavía nos sentíamos jóvenes y hermosos. Ahora éramos viejos y amargos, y estábamos hundidos en un desierto que compartíamos con la clase obrera y con algunos lúmpenes de mal traer. Cada mañana el viento bajaba de las bardas y una tristeza nos ahogaba el corazón. Fue en aquellas épocas de emergencia cuando González nos visitó con su inminente esposa. Yo llevaba seis meses sin francos, convertido bruscamente en Marcial, yéndome a las nueve y regresando a la una y media del día siguiente, girando y girando en esa enajenante rueda de nunca acabar.

Después de la medianoche, cuando todos se iban a la cama, González y yo nos encerrábamos en la estrecha cocina y hablábamos hasta que mi cansancio nos desflecaba el sentido común. González me reprochaba con sutileza y astucia, en aquellas charlas íntimas, que me refugiara en la redacción confortable para no tener que vivir en la Patagonia verídica, y que empalizara con ladrillos de autoengaño y cementos de negación todo lo demás: mi mujer, mi hija, mis libros, mi salud, mi vida. Le prometí que ese sábado haría una excepción, y la hice. Era un día caluroso, pero yo temblaba de frío. Gabi nos llevó en auto hasta un camping de Senillosa donde pensábamos pasar el día. Las mujeres fueron adelante y los varones nos quedamos en la retaguardia, preparando el asado y rumiando la política. Para dominar el temblor destapé un vino tinto, serví dos vasos y empezamos a tomar a la sombra de los álamos. Hubo un momento en el que yo tomaba con sed legítima y otro en el que tomaba por tomar. Nunca me había emborrachado, y nunca después tuve semejante borrachera. De repente todo me daba vueltas y un sudor frío me atrofiaba los músculos. Giré en redondo y me acosté boca abajo en una lona, y dormí la mona, y luego entre cuatro me metieron en el río de aguas heladas, y a pesar de todo me sentí enfermo por cuarenta y ocho horas. Un mes más tarde, González me envió postales de la utopía del Sur. Abrí el sobre y me vi pálido y muerto boca arriba, una ballena encallada, el retrato de un cadáver sacado de una revista policial. Y sentí una colosal vergüenza.

Gabi me conminó entonces a cambiar, y nos cambiamos a una casa vieja con un jardín, un naranjo en flor y un gato tuerto, y a poco de recuperar cierta cordura, yo renuncié llorando a todas las jefaturas de redacción y me quedé haciendo notas menores y ganando monedas. Fue cuando dejé los cigarrillos negros y empecé una dieta, y reconquisté a mi hija y recobré los olores. Volví a la literatura, luego de muchísimos meses perdidos, y a preguntar obviedades, que son las cosas que preguntan los novelistas y los hombres felices. Un día le pregunté a un amigo neuquino de sangre española y mapuche por qué se ahogaba tanta gente en esos ríos de montaña. *Porque la gente no hace pie, se desespera, se cansa y se hunde* —me respondió sabiendo que me gustan, como queda claro, las metáforas acuáticas—. *Los ríos son como la vida. A veces hay que dejarse llevar por la corriente. Simplemente flotar. Ya más adelante habrá una curva, una piedra, una ramita de donde agarrarse. Los ríos son sabios, los hombres son estúpidos.*

Yo era el más estúpido de todos y, aunque no tuve un renacer espiritual con música celestial de fondo, puede decirse que sentí una transfusión completa, y que las células de mi cerebro se regeneraron y que Gabi y yo volvimos lentamente a enamorarnos como si fuéramos flamantes desconocidos que probaban a tientas reconocerse los nuevos entusiasmos, las nuevas manías y los nuevos secretos.

Tuvimos suerte, y desde ese momento no dejamos de tenerla. Gabi quedó embarazada y esos meses de existencia apacible nos reconciliaron con el Sur. Extrañábamos sin embargo, ahora que podíamos admitirlo en voz alta, cosas extravagantes. Los edificios antiguos, las arrugas de Buenos Aires, el capuchino que preparaban en un bar otoñal, levantar un teléfono y contarle las penas a un hermano, cruzar la vereda y quedarse mirando una cúpula, los barrios empedrados, las terrazas, y hasta las neurosis del tránsito y sus ruidos tóxicos y detestables. Éramos tan cursis que no podíamos creerlo, y de hecho no les dimos importancia a esas sensiblerías baratas porque no tenían solución y porque no venían al caso.

Pero venían, y lo supe con claridad un mes antes del parto, cuando viajé a Buenos Aires para la boda de un amigo. González también había sido invitado. Vestido con cierta decencia, tratando de no participar del baile y las fanfarrias, me preguntó entre copa y copa: *¿Y qué pasaría si te dijera que hay laburo para vos donde yo trabajo?* González ya no trabajaba en *La Razón,* que finalmente se había desplomado. Ahora era redactor jefe de una revista de actualidad mientras yo andaba haciendo publinotas por los corralones de Cipoletti. Mamá me hizo la misma pregunta al día siguiente, cuando le narré la escena nocturna. *Volver está descartado, mamá* —le respondí—. *A Gabi le va muy bien, y no puedo pedirle de vuelta que tire todo por la ventana y que me siga a cualquier lado.*

—Entonces no se lo pidas —dijo mamá, muy firme, y cambió de tema.

En Neuquén nos metimos los tres dentro de una pileta de lona, y mientras Lucía llenaba y vaciaba sus tazas de té de plástico y murmuraba diálogos adultos y ceceosos, le relaté a mi mujer aquella boda, aquel ágape, aquel intercambio y aquellas insinuaciones. Gabi me abrazó y me dijo: *No podés seguir haciendo notas de corralón. Tenemos que volver.*

Discutimos doce horas sobre su carrera y sobre la mía, sobre nuestros hijos y sus abuelos, y también sobre su hermana Andrea, que era maestra jardinera, vivía desde hacía rato en Neuquén, se había enamorado de un neuquino y estaba dispuesta a quedarse para siempre, como finalmente se quedó. Andrea y Gabi son muy parecidas, y la adaptación total de una y la inadaptación cultural de la otra demuestran que emigrar es un albur, y que cualquiera puede cumplir la utopía del Sur y cualquiera puede frustrarse tratando en vano de alcanzarla.

Tuve aquella noche un impulso, y Gabi me alentó a que discara el número de Carmen. *¿Podés venir el fin de semana?* —le pregunté con cuidado—. *Te pagamos el pasaje. Solamente puedo tomar esta decisión con vos, mamá. ¿Me escuchás?*

—Te escucho —dijo Carmen con la misma prudencia—. ¿Y qué dice Gabi de esta locura?

Gabi me arrancó el teléfono de la mano y le dijo:

—No es una locura, Carmen. ¿Puede venir este fin de semana?

Mamá se tomó un tranquilizante para reprimir la euforia. Como aquel campesino de Almurfe, Carmen no quería tener esperanzas para no tener desilusiones. Pero preparó un bolso y el sábado estaba en casa barajando con mesura y aplomo las oportunidades. Mis padres habían vendido el departamento que heredaron de Consuelo y Marcelino, y habían comprado un ambiente de tres por tres en la calle Humboldt. *Es un pañuelito y lo tenemos alquilado pero, si ustedes se atreven, yo pido que me lo cedan y mientras tanto viven con Pacita y conmigo,* improvisó poniendo todas sus cartas sobre la mesa. Lo hizo al darse cuenta de que para nosotros la puerta todavía no se había cerrado, que todavía no estábamos atrapados al otro lado del mundo, que extrañábamos las cosas que antes aborrecíamos o simplemente ignorábamos, y que teníamos la garra suficiente como para tirar por la borda aquellos cinco años, mudarnos a la nada y empezar de cero.

Al descubrir que me había tomado en serio su lance, González tragó saliva y se sinceró: no podía garantizarme un trabajo estable y sólido, únicamente había lugar para colaboraciones externas y suplencias. Estábamos donde habíamos empezado. Yo venía de dirigir un diario, pero no se me caían los anillos ni la cara. Entonces González suspiró y me dijo, muy en sus cabales: *Es la semana próxima o nunca.*

La semana próxima caía justo a veinte días del parto, y eso quería decir que Gabi tendría que organizar por su cuenta la pesada mudanza y también tendría que parir sola. Esa perspectiva me dejó pasmado, y luego me quebró y me forzó a suspender toda la operación, pero mi mujer me tomó la cara entre las manos y me dijo: *No va a salirnos gratis, pero vamos a hacerlo igual.* Nos despedimos en la central de micros. Me di vuelta en el último instante y la vi panzona y luminosa, sostenida por su hermana y por Lucía, que agitaba la mano y sonreía sin entender lo que estaba pasando. Pensé en esos instantes que Gabi podía morir en la sala de parto, que estábamos abandonando de buenas a primeras lo poco que habíamos levantado durante sesenta meses irrepetibles, que la utopía se nos había caído encima como una mole de concreto, que estábamos arrojándonos desde un trapecio a un vaso de agua y que todo podría volver a salirnos mal.

Lloré y lloré hasta cruzar el río Colorado, y después me quedé dormido con la cara pegada en el vidrio de la ventanilla oscura, y al llegar a Palermo sentí el alma hueca y el cuerpo desarticulado. Neuquén me había entrenado para ser hombre, pero en casa de mi madre volví a ser un chico. En la Patagonia había corrido cien peligros y sufrido mil peripecias, me habían amenazado de muerte, había volado sobre la cordillera del Viento y había visto los fantasmas lumínicos de Taquimilán, había conocido a gigantes y a enanos, a virtuosos y a prostitutas, y provenía de la infantería de marina del periodismo. Ningún sacrificio porteño, ninguna odisea periodística o humana me parecían laboriosas, dramáticas ni imposibles. El que juega en la arena vuela luego en el césped. González fue mi guía, pero aquella experiencia mística del Sur me fue abriendo los caminos.

Gabi, con sus ovarios de acero, parió sola a Martín, un renacuajo de extremidades largas y ojos marrones. Esa noche de febrero, en pleno cierre, mamá llamó a la revista y me dio la noticia. Todo había salido bien, pesaba más de tres kilos, y Gabi estaba sana y salva. González, absolutamente conmovido, me dijo en voz baja: *Tenemos que festejar a lo grande*. A las cuatro de la madrugada cruzamos Corrientes, nos sentamos en una mesa junto a la ventana y mi amigo, sorprendiéndome con tanto dispendio, levantó el brazo: *¡Mozo, champán!* El hombre, un valenciano fornido y cejijunto, no llegó al mostrador: *¡Mozo!* —volvió a llamarlo González—. *¿Cuánto sale el champán?* El valenciano le murmuró una cifra. González me miró y sonrió: *Cerveza es lo mismo, ¿no te parece?*

Conocí a Martín en el aeroparque Jorge Newbery. Lo traía colgado del pecho mi heroína, que estaba blanca como el papel y ojerosa como una muerta. Un mes después, Gabi volvió a Neuquén acompañada de Pacita con dos misiones de relojería: desarmar la casa y asistir al casamiento de Andrea. Dicen los chinos que una mudanza equivale a dos incendios. Trabajaron las tres como esclavas negras para llenar los canastos y subirlos al camión, y luego para estar presentables y perfumadas para las nupcias.

Mi mujer, ocho semanas antes, había dado vueltas y más vueltas porque no sabía cómo decirle a su hermana que regresaríamos a Buenos Aires, pero cuando finalmente se lo dijo, ebria de gozo y enamoradísima, Andrea se encogió de hombros y se puso en primera fila para dar una mano. Andrea era lo que nosotros nunca habíamos conseguido ser. Era neuquina. Nombró a Gabi su madrina de casamiento y se casó en el Registro Civil porque también ella era una renegada de la fe que profesaban su madre y la mía. Hubo fiesta bajo la parra de una casa abarrotada de neuquinos y emigrantes congénitos, y Gabi se tragó los remordimientos y se unió a todos los brindis.

Fueron aquéllos los días más alegres que Carmen recuerda. Pacita y ella nos alojaron, alternativamente, durante esos meses de transición, y después ocupamos el departamentito de Humboldt, al que llamábamos con ironía «nuestro loft». Pasábamos de una casa con naranjos a un monoambiente dividido por un biombo, pero éramos tan intensa y asombrosamente dichosos que la falta de espacio nos parecía un chiste quijotesco.

Volver a la patria de uno es dejar de ser un holograma y aceptar que somos personas nuevas de carne y hueso. Es reconstruir los vínculos desde la fotografía inofensiva de lo que fuimos y caminar despacio hacia la afilada y riesgosa verdad de lo que ahora somos. Es también reconocer que uno es, a la vez, el mismo de siempre y todo un extraño.

Una tarde me perdí con las manos en los bolsillos por las calles del barrio, me paré frente a la casa de Ravignani, toqué el árbol y las rejas del balcón, y fui pateando chapitas y piedras por veredas de solcito hasta que me choqué con el paredón del colegio León XIII. Subí como atontado las escalinatas blancas y entré en la iglesia desierta y silenciosa, y me senté en el banco de la primaria, a la derecha de la nave, en el último asiento sobre el pasillo, a la altura de los pies clavados y sangrantes del Jesucristo que pende de la misma pared y con la misma mirada. *Te prometo que nunca más voy a dar tantos rodeos para terminar en el mismo lugar* —le dije con hidalguía, como si quisiera reírme de mí mismo por encima de los moretones y las lastimaduras—. *¿En qué podemos creer los que alguna vez creímos?* Se podía creer en el dinero. Hemingway decía que el dinero compraba la libertad. Y Machado decía que no creer en nada era volver a pecar de inocencia. El federalismo, ese último dogma por conveniencia que yo había abrazado en la Patagonia, me había exprimido los últimos vestigios de la fe. Todo me hacía desconfiar de mí mismo, y de las verdades absolutas. Pero qué somos si no creemos en nada. *Los hijos de aquella emigración somos agnósticos encubiertos, pequeños burgueses asustados, profesionales y a lo sumo mercenarios honestos, una angustia que camina, una muerte a plazo fijo,* pensé trémulo de envidias.

Cuando volví a casa, mamá me avisó que la abuela Valentina había muerto. Hacía más de media década que yo no viajaba a Lomas del Mirador, donde vivió sus últimos años, y nada sabía de la madre de mi padre, salvo que mirando culebrones había derivado lentamente hacia la puesta del sol. Acompañé a Marcial sombreado de culpas, y pasamos la noche fría tomando café, respondiendo preguntas sobre Neuquén y recordando prehistorias de la familia y de la Guerra Civil española con viejísimos paisanos de Luarca. Mientras el cura nos prodigaba consuelo en la capilla ardiente, recordé a los hijos de Valentina, alegres y sangrantes, volviendo a su casa sin padre después de una trifulca. Valentina había tenido que enterrar personalmente a muchos de ellos durante aquellas décadas infames, pero ahora yo los veía vivos y feroces, repechando un prado contra el viento salobre del mar. Iban sucios, harapientos y sonrientes: *Ellos eran cuatro y nosotros ocho. Qué paliza les dimos, qué paliza les dimos... ellos a nosotros.*

10. Otilia

Cuánto penar para morirse uno.

Miguel Hernández

Hay un hombre en mi basura, pensó mamá con cierto temor, y retrocedió hasta la puerta de vidrio. Estaba anocheciendo y notó que el desconocido de la vereda abría los atados y palpaba las bolsas. Había poca luz a esa hora, pero mamá reconoció que no se trataba de un mendigo ni de un ebrio, sino de un hombre sobrio, pulcro y bien afeitado. Un hombre común y corriente, vestido de manera correcta, con zapatos decentes y canas cuidadosamente peinadas. *Uno de nosotros,* se dijo mi madre, y se santiguó. Ella había requisado durante toda su niñez las basuras ajenas, se había quedado fría con aquellos tachos desbordados de manjares de los años cuarenta, y ahora se veía a sí misma como una jubilada empobrecida en un país que estaba aniquilando a su clase media. Algo se había jodido hacía ya demasiado tiempo, y mamá pensaba que otra vez la tierra se abría bajo sus pies. Inopinadamente, y sin mucha pompa, el mítico bar ABC acababa de cerrar sus puertas al público, y Marcial estaba encantado con esas vacaciones a perpetuidad llenas de tutes, fútbol televisivo, caminatas aeróbicas y fiestas regionales.

No gastaba y no necesitaba mucho, y por fin podía poner en marcha su proyecto de ser un millonario sin plata. Pero mamá, más hiperrealista que de costumbre, había presenciado las calamidades financieras de Mimí, era consciente de la fragilidad de ser viejos en un país que los combate y los extingue, prefería estar muerta a pedirles limosnas a sus hijos, y temía así un último y penoso derrotero por la pendiente argentina. Quienes provienen de la miseria no dejan ni por un minuto de pensar que la vida puede devolverlos a ella.

Ese miedo psicológico se transformó, sin embargo, en algo concreto y palpable cuando Eveready la jubiló de repente y su poder adquisitivo se vino a pique. Las ilusiones de mamá eran minimalistas: retapizar el sofá, modernizar los muebles, comprar porcelanas, empapelar una habitación, elegir de cuando en cuando alguna ropa y algún calzado, quizás comer cierto jamón español de la mejor fiambrería, o entregarse a algún otro deleite gastronómico para nada ornamental. Su nueva economía, no obstante, le pegó un zarpazo, tuvo que ajustarse y rifar los ahorros y, con su orgullo matriarcal, achicarse sin pedir ayuda o rechazándola de muy mal talante. Casi todas sus amigas de Coto corrieron idéntica suerte, pero únicamente Carmen tenía ese espíritu tremendista y rebelde, y sólo ella había visto de cerca la devastación de mi madrina.

El primer sentimiento de precariedad le atacó los huesos. Andaba ya cansadísima y contracturada de tanto subir y bajar escaleras y servir cafés en treinta oficinas, cuando le avisaron amablemente que la compañía se mudaba a Beccar y que prescindían de sus servicios. Sus compañeras y compañeros, sus jefes y subordinados, la contenían y la adoraban, de algún modo la habían transformado, y al final la despidieron con regalos increíbles y con cartas conmovedoras.

Los primeros quince días el ocio le pareció reparador, pero luego la casa se convirtió en una cárcel. Todas las mañanas se levantaba tempranísimo, se duchaba, se vestía y se pintaba como si fuera al trabajo, recogía su cartera y caminaba sola por Cabildo y por Santa Fe, tomaba un cortado en algún bar y volvía después de cuatro horas de vagabundeo. Esa ceremonia terapéutica duró varios meses, pero ella siguió descolocada y entristecida. No tenía consuelo y nada la conformaba, salvo cuidar a sus nietos. Todavía se sentía joven y útil, y buscó una ocupación por los diarios. Se presentó una mañana con el pelo recogido y mintiendo la edad en una agencia de colocaciones que pedía camareras, y la descubrieron en una hilera de ostensibles veinteañeras que nada sabían de preparar y servir el mejor café del mundo. *Señora, usted no tiene cuarenta años,* le dijo la examinadora, una flaca que jamás había tomado algo caliente. *Tengo más* —admitió mamá—. *Pero también tengo mucha experiencia.* La flaca desabrida no lo dudaba, seguía limándose las uñas y le hablaba de ofertas y demandas, y de reglamentos y energías.

Mi madre se fue con su energía a otra parte, y hasta pensó en anotarse en el Ejército de Salvación, pero rechazó la posibilidad de cuidar enfermos porque ya había cuidado bastantes. Aceptó, en cambio, que Pacita la introdujera en el yoga y en las devociones cristianas, y peregrinó y vigiló cada centavo, y fue aceptando lentamente que no le darían créditos ni oportunidades, y que lo mejor sería acatar las leyes de la vejez y los escasos beneficios de la seguridad social.

Se subió a ese tren, viajó en compañía de jubilados e integró sus colonias sintiéndose más joven que esos gerontes menesterosos y angurrientos que la pasaban por encima para servirse un plato, o que jugaban con sus dentaduras postizas mientras veían televisión. Mamá no se sentía parte de esa tropilla maleducada y egoísta que hablaba a los gritos y contaba cien veces la misma anécdota. Ella seguía siendo fuerte y lúcida, y muy capaz de reconocer, como una clarividente, por un tono de voz, el sufrimiento y la mentira; también de mantener a fondo una discusión política y de vencer al más pintado.

De todas las decrepitudes, sólo le temía a la arteriosclerosis, la maldición familiar que había desquiciado a María del Escalón y a Consuelo Díaz. Acechó su propia memoria y sus lagunas mentales, y trató de leer en ellas los primeros indicios, pero hizo prometer a sus hijos que la internarían sin piedad ni conflicto a la menor evidencia, y cuando estuvo segura de que efectivamente lo haríamos, dejó de preocuparse. ¿Cuándo descubre uno que es definitivamente viejo? Marcial lo descubrió en Mar del Plata. Iba cruzando una plaza céntrica y tres pendejos lo asaltaron. Uno lo abrazó de atrás y otro le puso una garra en la garganta. El tercero le quitó del bolsillo la billetera, y papá los dejó hacer porque no podía hacer nada. En otro momento de su vida, el boxeador asturiano del crucero Galicia los hubiera dejado sin dientes, pero esa noche se sentó frente a Carmen y admitió la derrota. No la derrota de esa tarde, sino la de ese ocaso.

Pasados los sesenta y cinco mamá ya no tenía las ilusiones, pero le quedaba el vigor de antaño. Esta contradicción la malhumoraba y le hacía surgir de a ratos el enojo cavernícola de José de Sindo. Andaba buscando camorra y se le humedecían los ojos por cualquier pavada. Fue entonces cuando Gabi le diagnosticó un síndrome depresivo, y cuando Carmen le concedió a una psiquiatra el privilegio de oírla monologar de punta a punta su historia.

La profesional y su paciente sintieron afinidad de inmediato, y mamá se desahogó hasta vaciarse, y luego empezó a llenarse de autoestima y de antídotos químicos y emocionales. Y salió fortalecida y alegre como una castañuela, pero también osada y beligerante. La psiquiatra la convenció de que no debía callarse nada porque había permanecido muda demasiados años, así que empezó a guerrear con culpables e inocentes, tuvo a mal traer un tiempo a mi padre, y se metió en unos cuantos líos por soltar la lengua. Carmen, que de vieja leyó unos cuantos libros, no leyó sin embargo a Bioy Casares: «Para estar en paz con uno mismo hay que decir la verdad. Para estar en paz con el prójimo hay que mentir».

Comencé a garabatear frases e ideas sobre su azarosa biografía en un cuaderno Rivadavia de tapa dura cuando me contó que hacía lagrimear a su psiquiatra y luego cuando me transcribió, renglón a renglón, las tres cartas de Mimí. Eran, por entonces, anotaciones vagas y sin un propósito definido, y yo me daba cuenta de que iban formando un mosaico en torno del nuevo deporte nacional. Miles de argentinos hacían cola en las embajadas para irse a cualquier sitio del planeta, y Maruja anunció en la mesa de los tés domingueros que Ramón había decidido dos cosas: levantar su casa porteña y buscar trabajo en las islas Canarias. Hacía años que yo no veía al superhéroe, pero la noticia de su exilio económico me movió los cimientos. Con la odisea del Sur, ya estaba curado de espanto, y de hecho había jurado sobre la colección Robin Hood que jamás se me pasaría por la mente siquiera cruzar la Juan B. Justo, pero la decisión de uno pone en severa cuestión las certezas de todos. Empezamos a pensar si Ramón no estaría en lo correcto, si nosotros no estaríamos en la luna, y si quedarnos no significaría lisa y llanamente un suicidio. Cada cual cargó un tiempo con sus propias dudas diciendo poco y cavilando mucho. Hasta que un día también mi hermana y su marido insinuaron que lo estaban pensando, y Carmen se hizo cruces. Lucía, despreocupada, se encogió de hombros y le dijo: *¿Y qué, abuela? Cuando sea mayor de edad, yo también me voy a ir a Estados Unidos. Quiero ser directora de cine, y en este país de porquería no hay futuro para nadie.* A mamá le rechinaban los dientes, se le desencajaba la mandíbula. Nosotros, para distender el ambiente, comenzamos a tomarnos el asunto a broma. Pero mi madre golpeó el brazo de su sillón y dijo que ella había vivido más que nadie, y que la historia universal estaba hecha de ciclos. *Hace cincuenta años España estaba destrozada y la Argentina era pujante* —gritó—. *La tortilla se dio vuelta, ¿pero quién de ustedes puede asegurar que no volverá a pasar, quién puede garantizar que no hará la misma cagada que hice yo y arruinará de paso a toda su familia? ¿Quién ha visto el día de mañana?* Nos miramos los pies, en silencio, y ella fue a la cocina, se sirvió un vaso de «Seven» y dijo: *Qué mierda saben ustedes, la puta madre.*

Sabíamos, efectivamente, muy poco, y eso me daba mala espina. Había publicado una novela policial hacía seis años, pero desde entonces todo lo que intentaba se quedaba por la mitad o se me resbalaba de las manos. Últimamente, todo lo que escribía me sonaba falso e inmaduro, e intuía que las historias que imaginaba ya habían sido escritas por mejores escritores y en mejores circunstancias. Ninguna línea me sonaba verdadera u honesta, y el vacío pasional posmoderno de mi generación, que acaso yo representaba mejor que nadie, me dejaba la horripilante sensación de que no sabía quién era y de que no tenía nada que decir. Podía intentar «En busca de una certeza», aunque fuera de una. Pero eso terminaría siendo la patética autobiografía de un neurótico ansioso depresivo en los albores del nuevo milenio. De pronto sentí celos de la psiquiatra y avidez por conocer los recovecos de aquella larga travesía, y pensé que no había mayor desafío para un periodista en la crisis de los cuarenta que atreverse a contar la historia de su madre. Tenía la súbita sensación, sin embargo, de estar cometiendo alguna clase de pecado, y hubo semanas enteras en las que luché contra el pánico de que ese texto desnudo removiera odios y dolores sepultados, levantara envidias asordinadas y de alguna manera nos cambiara a todos para siempre.

Salvo la indigencia y la emigración de sus hijos, Carmen ya no le tenía miedo a nada, y todas mis aprensiones le parecieron pueriles al lado de la posibilidad de aleccionar a los frívolos e incautos peregrinos que buscaban aquellas falsas tierras prometidas. Acordé conmigo mismo no hacer ficción con aquel material y ceñirme a los cánones de la crónica novelada, que consiste en no apartarse ni un milímetro de los hechos históricos y de la verdad. *Bueno, cuando quieras* —dijo el primer día con un suspiro y con las manos arrugadas en el regazo—. *Hice todo para escaparme del pasado, que para mí está asociado a la pobreza, y hago todo también para volver al pasado, que para mí está asociado a los prados de Almurfe. ¿Qué te parece, es un buen comienzo?* Era un buen final, pero a mí no me interesaban sus máximas ni sus conclusiones. Me interesaban la secuencia exacta de los sucesos y lo que realmente escondían. Tomé la lapicera y retomé mi viejo oficio de entrevistador. La entrevisté durante cincuenta horas, en días a veces sucesivos y a veces distantes, y en muchas ocasiones tuvimos que detenernos para que llorara en silencio, y en otras para revolcarnos de risa.

Fui escribiendo a ciegas, sin saber adónde me dirigía, comprendiendo que ésta también sería inevitablemente la historia de un escritor mediocre para quien todo lo escrito y aprendido durante treinta años de prosa clandestina había sido apenas el ensayo de este relato crepuscular. Una astuta premeditación del dueño de los dados.

Mamá me pidió que cambiara algunos nombres para no causar daño y a la altura del capítulo seis se llevó todos los papeles a la cama y los leyó de un tirón, mojó pañuelos y almohada y tardó un día y medio en bajar de nuevo a sus zapatos. González, que tiene el corazón de piedra, fue leyendo capítulo por capítulo desde que leyó el primero en el subterráneo, llegó a su casa dolorido y me llamó por teléfono. Una pasajera, que una tarde iba sentada a su lado, lo interrumpió conmovida, mientras él iba moqueando, le confesó que había espiado tres páginas y que le explotaba el pecho, lo fusiló a preguntas sobre aquella mujer épica e irreal y, ya parada y a punto de bajarse en su destino, le suplicó le diera aunque sea un dato: la fecha de su publicación, el nombre del autor, el teléfono de la protagonista.

Todos esos módicos milagros ocurrían en los prefacios de la muerte de María del Escalón. Carmen se lo tomó con calma, se anotó en el consulado, sacó el último dinero del banco y preparó sin ganas un viaje. La acompañé hasta Ezeiza y la dejé junto a treinta o cuarenta argeñoles igualmente consternados. Se reconocían con la mirada en la zona del preembarque, todos ellos eran argentinos en España y españoles en la Argentina, tenían hijos y nietos en edad de escapar, venían de un desgarro y con toda seguridad iban hacia otro mientras la «París latinoamericana» se desmantelaba y derruía.

Pasó unos días obligados en Valencia, y cuatro horas esperando en Madrid un ómnibus que la llevaría hasta Asturias. Sentada sobre su valija, mamá observaba a los africanos vendiendo alfombras y a los verdaderos españoles hablando intrascendencias, y se sentía una marciana y se arrepentía de aquel último periplo insensato.

Cambió de parecer cuando se reencontró con su hermana Otilia, la más chica y más salerosa. No se separaron ni un instante, y anduvieron del brazo por Oviedo y por Almurfe, pero mamá le pidió que hiciera una excepción y la dejara caminar sola hasta el cementerio. Lo primero que vio fue el nicho de Josefa, que había muerto a los noventa y tres. Recuerda Otilia que, fuera del reuma, nunca se había enfermado en nueve décadas de campo y aflicciones. Un día, no obstante, se quedó en la cama, y María se acercó a ella extrañada y le pidió que se moviera. La sedujo con un tazón de leche y miachas, y escuchó que su hermana le decía, con voz queda: *Hoy no tengo hambre, María*. Llamaron al médico rural, que la revisó a puertas cerradas, aceptó un anís del Mono y después dijo sin dar muchas vueltas: *No se levanta ni come porque se va a morir*. Dos semanas más tarde, ciertamente se quedó dormida y jamás volvió a despertar.

Muy cerca del cadáver de mi tía abuela yacía el esqueleto de su hermana. Mamá recogió flores de los senderos, armó un ramo y llenó el florero, y estuvo dos horas enterrando a su madre y evocando sus ademanes y su vozarrón. *¡Hija mía, no te vayas! Baja esa mano, José. Baja esa mano porque ahora mismo cojo el hacha y te abro la cabeza en dos. ¡Carmina, no te conozco! No te conozco.*

Regresó despacio y en completa armonía a su casa de la carretera, y Otilia le dijo irónicamente:

—No sé si te has percatado de que tienes un nicho a tu disposición en ese camposanto.

Carmen revolvió el café empetrolado con ojos risueños, y le devolvió la chanza:

—Si me muero estos días, llamas al cura de Belmonte, me metes en ese nicho, y recién entonces les avisas a mis hijos que me quedo aquí cerca de María, donde se escuchan los pajaritos.

—Vete al carajo, ¿quieres?

Otilia era un tanto agnóstica, y no podía entender cómo mi madre iba tantas veces a la tumba de María y cómo la saludaba a viva voz cuando pasaban por delante del cementerio.

—Es que no puede escucharte, Carmina. ¿No ves que está allí abajo pudriéndose?

—Pero su alma está cerca —le porfiaba mi madre, y no hubo quien le sacara de la cabeza la idea de celebrarle una misa.

La capilla donde María del Escalón había demostrado la lascivia del cura de Agüera y roto para siempre con su mismísimo Dios, y adonde Josefa iba todos los días a prender velas para que yo no fuera convocado a defender Puerto Argentino, estaba restaurada pero parecía ahora una crujiente miniatura. Los vecinos y amigos de la occisa llenaron fácilmente los bancos, pero el sacerdote olvidó la cita, y tuvieron que llamarlo por teléfono y esperarlo otra media hora. Llegó despabilado y agradecido, elevó una plegaria por mi abuela, y por la *gente nuestra que viene de tan lejos*. Y al final sólo aceptó mil quinientas pesetas para pagar la gasolina.

Cuando mamá salió a la calle polvorienta, la rodearon y la abrazaron, y ella agradeció con lágrimas aquel largo adiós. Otilia estuvo presente, pero avisó como siempre en broma que los otros familiares, socialistas y ateos practicantes, faltaron con aviso porque *ellos sólo creen en el diablo*.

El diablo había escarbado con su larga uña la corteza de esa familia unas semanas antes, cuando Otilia entró en una ferretería de un pueblo cercano y la esposa del ferretero le preguntó si era hija de María del Escalón y nieta de Teresa. Mi tía asintió las dos veces, y la desconocida, muy suelta de cuerpo, le disparó a quemarropa: *Entonces usted y yo somos parientes, porque mi madre fue la hija secreta y nunca reconocida de su abuela*.

—¿De la mía? —preguntó Otilia como en un trabalenguas.

Antes de noviar con Manuel, aquel mozo de estación que se subía borracho al tren y amanecía con resaca en Asturias, mi bisabuela había cometido el pecado original que luego le recriminaría durante décadas a su hija María. Quedó embarazada de un labrador anónimo, y sus padres, avergonzados, necios y ruines, la enviaron una temporada a otro pueblo, la dejaron parir y la obligaron luego a colocar a la niña en un orfanato de Oviedo.

Teresa no le contó nunca a nadie lo que había sucedido, pero trató varias veces de ver a la huérfana. De tanto en tanto, sin un cobre en el bolsillo y sin ayuda de su familia, la abuela de Carmen caminaba cincuenta kilómetros por la carretera para estar un rato con la niña abandonada. Al tiempo, un matrimonio la tomó en adopción, y Teresa logró que en el orfanato le dieran una dirección y siguió visitando furtivamente a su hija anónima hasta que la madre de María y de Josefa, la dama más juiciosa de los Díaz, se murió en Almurfe y se llevó con ella su secreto más recóndito y escandaloso. Un secreto guardado ciento diez años, que Otilia escuchaba ahora de boca de la esposa de un ferretero, mientras le cosquilleaban las manos y le fallaban las piernas.

A mamá la hechizaban aquellos virajes del destino y aquellos cuentos de aldea, y las cenas entre hermanos y sobrinos estaban plagadas de todos esos sortilegios. Chelo, el más prolífico y tardío de todos sus hermanos, reconocía en esas sobremesas que su gran desvelo de padre maduro era no ser de ninguna manera y bajo ningún embrujo ni la más mínima sombra de José de Sindo. Quería limpiar de su genoma los vestigios de ese sino malvado y trágico, y recordaba con precisión el aserrín de Boulogne, el triciclo rojo y aquella pulseada en la cocina de Ravignani, y tampoco había olvidado la vez que corría para no ser alcanzado por aquella hoz.

—¿De veras te acuerdas de aquel día? —le preguntó mamá, endulzada y serena.

—Como para olvidarlo.

Chelo tomó aire, porque estaba empezando a boquear, y señaló a María Teresa, una de sus pequeñas hijas. Le acarició delante de todos los bucles y la frente, y comentó sin levantar los ojos:

—Siempre le digo que es igual a Carmina.

—¡Pobre chica, déjala en paz! —lo amenazó mi madre.

—Tiene la misma voluntad, y los mismos ojos castaños y tristes.

Mamá había leído o escuchado en alguna parte que hay al otro lado del mundo una persona idéntica a cada uno de nosotros, y que por suerte Dios jamás permite que ese doble repita los errores que cometimos.

Todos trataron de explicarle que España vivía su apogeo, pero que nada era tan simple como aparentaba. La historia que narraban era una historia de espejos. *Nosotros íbamos a tomar allá los empleos que ellos despreciaban* —le recordó Chelo—. *Ahora ellos vienen a tomar los trabajos que nosotros desechamos. Mozos, changarines, lavaplatos. Está bien para los que no tienen nada que perder. Pero vemos gentes que han venido a ganar menos, por el simple esnobismo de castigar a su patria y vivir la fábula del Primer Mundo.*

Antes de emprender el regreso, Carmen visitó en Belmonte de Miranda el departamento de

Jesús y de Mimí. Los hermanos la abrazaron en el umbral y no la soltaban, como si ella fuera un trozo flotante del casco de un buque hundido, o como si trajera de un sitio sagrado efluvios sanadores. Se acomodaron en el living, se secaron las mejillas y, famélicos de novedades menores y de detalles argentinos, comenzaron a hacerle preguntas sobre la ciudad, sobre el barrio y sobre la vida cotidiana. Recibían cada información, cada dato insignificante, con exclamaciones de júbilo, y mamá hubiera podido estar días enteros entreteniéndolos con naderías de Palermo pobre si hubiese querido. Pero mamá también sentía curiosidad, y les devolvió las preguntas. Los hermanos se miraron y Jesús, cansado y agrio, empezó por relatarle los primeros meses en Ingeniero Lartigue. *¿Qué clase de personas son ustedes que después de tanto tiempo no han conseguido ser alguien?*, les preguntó un vecino, amigo de retruécanos y pasado de copas, y ellos entendieron esa tarde que llevaban una marca y que, lo dijeran o lo callasen, todos pensaban lo mismo. *Cuando no se tiene nada, pues uno aquí simplemente es nada*, dijo Jesús, y se quedó afónico. Mimí fue en su ayuda, y comenzó a reseñarle a Carmina aquellas semanas de frío y desamparo, y después el resurgir y esa plácida subsistencia que llevaban, ahora que el Estado español los protegía. Pero mientras hablaba Mimí rezaba un rosario de comparaciones con la Argentina que dejaban a la madre patria por el suelo.

Vivían pendientes de los noticieros y los informativos, expectantes ante la mínima referencia a aquel país ingrato que los había vomitado. *Aquí nos ofrecen banquetes, Carmen, pero yo prefiero tomar manzanilla en casa,* dijo Mimí. Carmen los vio tan obsesionados con Buenos Aires que le propuso a Jesús buscarles departamento y prepararles el terreno.

—Ya es tarde —dijo Jesús—. Este dolor va a morir con nosotros.

—¡Pero no seas tan trágico, Jesús! —se escandalizó mi madre—. Qué tarde ni qué niño muerto.

Mimí le atenazó la muñeca y le taladró el oído:

—Nunca permitas que tus hijos se vayan, Carmina. ¡Nunca!

—Y yo qué puedo hacer para que se queden.

—Lo que sea —dijo mi madrina—. Lo que sea.

Mamá salió aturdida y bajoneada, y encontró Buenos Aires en peores condiciones que cuando había partido. Se cansó de discutir con sus amigas la verdadera situación laboral española, y una mañana Maruja la invitó a su departamento y le mostró sus plantas. *Qué lindo está ese potus,* se admiró mamá acariciándole las hojas. *Cuando me vaya a vivir a España te lo regalo,* le respondió Maruja, y mamá casi se cae redonda. Fue la única manera que encontró la dama de Gijón para comunicarle a su cómplice de tantas aquella decisión que venía masticando.

A partir de esa revelación, Carmen y Maruja iniciaron un ardoroso debate. Maruja sostenía que quedarse era una insensatez y Carmen juraba que irse era una inmolación, y sus amigas trataban de interceder, ensordecidas por sus ruidosos argumentos y temerosas de que alguna de las dos cruzara en algún momento la línea, pronunciara una frase sin retorno y destrozara treinta años de solidaridades.

Ese choque reproducía sin querer, y con las variantes de cada caso, la polémica que los argentinos mantenían en medio del horror económico. Cada una de ellas defendía las antagónicas posiciones de sus hijos, y atizaba inconscientemente el enojo para anestesiar de algún modo la despedida. Y me consta que a mamá le parecía simplemente inadmisible perder a esa altura, y con los brazos cruzados, a su gran compañera.

En otro tramo de su vida, Carmen hubiera dado una batalla despiadada por imponer su punto de vista, pero en estos días se sentía debilitada y temía que Dios la castigase por tanto énfasis. Así se lo dijo a su psiquiatra: *Se supone que siempre hice lo que me mandaron, lo que era correcto y lo que me parecía justo. Pero no resultó, y nadie se acordó de mí. Por eso es que siento esta enorme rabia acá dentro, doctora. Pero descargar esa rabia me mete en problemas y me llena de culpas.*

Cuando el Gobierno les arrebató el trece por ciento a los jubilados, la indignación por poco la mata. Había que quedarse. Pero para quedarse había que luchar. Escribió a los grandes diarios una carta abierta al presidente de la República y supe que quería participar de una marcha de repudio al Congreso de la Nación. La llamé para disuadirla, pero no pude: *Por menos que esto, en otros países hay guerra civil*—me respondió, furiosa conmigo—. *Alguien tiene que hacer algo. No tengamos tanto miedo a vivir.*

Marchó entre ancianos, militantes y curiosos, rodeada de bombos y de consignas, y volvió a su casa derrengada y vacía. Los hijos de aquella generación teníamos miedo a vivir. Estábamos asustadísimos porque perdíamos posiciones, éramos consumistas lamentables y muñecos sin alma; dueños de muchas más cosas de las que alguna vez tuvimos, de las que habían conseguido nuestros padres y de las que usaríamos nunca. Muchachos sin un propósito, hipocondríacos totales y cobardes congénitos. Mamá me lo recordó sin tener que decírmelo. Apenas con un hilo de voz escuché lo que pensaba: *Ya no estoy triste sino agotada, ya no me queda más que la bronca. Tengo una bronca...*

Esa noche, o la siguiente, soñé que me llamaban por teléfono a cualquier hora, y que Gabi atendía con voz pastosa y ojos entrecerrados. Algo me decía, pero yo no atinaba más que a descifrar el sentido general del mensaje y a ponerme el abrigo sobre el piyama. Un taxi me llevaba por calles inundadas y un agente me abría paso en los interiores de una comisaría. Había mucho bullicio, un ir y venir nervioso, y en un pasillo con galería, sentada en un banco y apoyada contra una pared, mamá miraba la lluvia como extasiada y perdida. Yo entendía que ella había cometido una enormidad, y comprendía sus razones profundas, no tenía nada para recriminarle y no se me ocurría media palabra. Sólo me sentaba a escuchar los teclados de la lluvia, y nos quedábamos así un rato, uno junto al otro, sin abrir juicio. De pronto el cielo se nos venía abajo y un relámpago de los mil demonios me sobresaltaba.

Entonces mamá me agarraba la mano.

Once años después

Epílogo

I

Es un milagro haber llegado vivo, dijo Marcial sentándose a la mesa. Por la mañana, un micro de larga distancia que pasaba en rojo estuvo a punto de partirlo al medio mientras cruzaba avenida Libertador. Por la tarde, frente al Centro Asturiano, un ciclista profesional salió de la nada y por poco no se lo lleva puesto. Cuando anochecía entró en una tintorería y al tintorero se le escapó el rottweiler de cien kilos, y mi padre tuvo que refugiarse detrás de una columna porque el perro saltaba buscando un cuello para morder y desgarrar. Al final del día, exhausto y a punto de engullirse una tarta, recibió mi llamado y no pudo negarse. Se vistió despacio y caminó tres cuadras hasta El Rey del Vino. Veníamos hambrientos de una ceremonia escolar, habíamos improvisado por teléfono una cena en familia, y ahora Carmina presidía ruidosamente la mesa. Papá saludó de lejos, se sentó a mi lado y me dijo:

—Yo nunca te prohibí nada, ¿no?

—Bueno, tanto como nunca... —le respondí con sorna.

—Te prohíbo que escribas sobre José de Sindo.

Me quedé mudo, en medio del ruido y los festejos. Mi padre tomó su copa de malbec y agregó sin mirarme:

—Ese hombre no era bueno. Si escarbas en esa historia, Dios sabe qué saldrá a la luz. Además, ¿a quién puede importarle esa vida oscura?

Esa misma mañana, mientras mi padre salvaba milagrosamente su pellejo en Palermo, yo había entrevistado durante dos horas a Balbino Arias, el vecino de Almurfe que mejor había conocido a mi abuelo desalmado. O, al menos, el único amigo que alguna vez había trabajado a las órdenes de José de Sindo y que aún permanecía con vida para contarlo. Yo recordaba a Balbino como el asturiano más inteligente con el que había tratado en mi infancia. Era bueno para los números y para la historia, y la última vez que había visitado aquel silencioso departamento de la calle Palpa, su hijo y yo habíamos jugado largamente sobre el parquet con soldaditos de la Segunda Guerra Mundial mientras Carmen y su esposa tomaban té con masas en el living y evocaban minuciosamente tardes remotas de Asturias.

Treinta y cinco años más tarde, toqué el timbre y me atendió el mismo gentilhombre de siempre. Un asturiano de ochenta años con aire juvenil y rostro sin arrugas, que me abrazó en el umbral y que me hizo pasar a la sombra. Su voz tenía la misma dulzura y el mismo temple de entonces, y su esposa seguía siendo aquella gran dama de hablar majestuoso. Nos sentamos en el mismo living y tomamos café conversando de hijos, nietos, parientes y avatares. También de la biografía de mi madre y de las razones que me estaban llevando ahora a investigar a mi propio abuelo, el hombre que había desatado la tragedia, el gran misterio que ni sus propios hijos habían podido dilucidar al cabo de noventa años de maldades, abandonos y amarguras.

Le dije la pura verdad: todavía no estaba convencido de que valiera la pena escribir el relato de un don nadie, ni perseguir por tres países, y a través de todo el siglo XX, el fantasma de un desconocido que había vivido escapando de fantasmas. Pero era la primera ficha de un juego que todavía no había terminado y que acaso no terminaría nunca, y absolutamente todos, empezando por mí mismo, teníamos una nueva e irresistible curiosidad: ¿quién había sido realmente, por qué nos había desgraciado, a qué mujeres amó y abandonó luego de abandonar a mi abuela y a sus hijos, qué diabluras había cometido durante aquel largo exilio voluntario en Madrid, en La Habana y en Buenos Aires? ¿Por qué había quemado, antes de morir, documentos, efectos personales y cualquier otra pista sobre su pasado? ¿Por qué no les había confiado ni a sus amigos más íntimos sus rebusques?

El cineasta Eduardo Mignogna, que había leído la odisea de Carmina, fue quien me indujo a buscar las respuestas. Lo hizo en un restaurante de Palermo, mientras comíamos corderito patagónico. Mignogna, sin saber que estaba abriendo una puerta, desmontaba con gran pericia el armazón interno de la biografía de mi madre, cuando de pronto levantó los ojos del plato y me dijo: *¡Ese José de Sindo, qué gran malvado, qué enigma sin resolver!* Ya en casa tomé el libro y lo recorrí en diagonal buscando un párrafo premonitorio. Lo encontré en la página 135 de la edición argentina: «Traté en infinidad de cuentos y novelas frustradas de revivir a José de Sindo y a su paralizada carpintería, pero fallé en cada caso, como si un fantasma no dejara de soplarme el castillo de naipes que yo levantaba. La gótica escena del cadáver y de la casa vacía llena de objetos inconexos que debían necesariamente ser piezas de algún rompecabezas se transformó en la obsesión de un adolescente que ya soñaba con ser escritor».

Veintinueve años después de haber encontrado muerto a mi abuelo en su solitaria decrepitud de Boulogne, tomé el teléfono y le pedí a Carmen que comenzara a revisar todos sus cajones y le sugerí a Marcial que preguntara en las peñas asturianas si alguien conocía a alguien que hubiera tratado alguna vez a aquel escurridizo personaje. Mamá sólo guardaba de él una silla antigua tallada a mano, tres fotos desvaídas y las fotocopias de su acta de casamiento y de su partida de defunción. Papá me explicó que José era un hombre despectivo y de lúcida mala leche, alguien que los miraba por sobre el hombro, un pobre diablo que se creía parte de una cierta aristocracia y que rara vez frecuentaba los bares y salones de la sociedad española. *Balbino,* dijeron a dúo. Y allí estaba Balbino después de todo, en aquel living silencioso, mientras el sol entraba por un ventanal y su mujer lo sostenía cada vez que la emoción le barría la voz. Empezó, con la mente fría, por señalarme algunos errores técnicos del libro y enseguida me contó que Gumersindo, mi bisabuelo, no había muerto de tristeza sino de una pulmonía, y que la fábrica de luz se incendió unos meses más tarde. *Esa fábrica hubiera cambiado el destino de toda tu familia* —me dijo con vehemencia—. *¡Todos querían tener luz y los Díaz se hubieran cansado de hacer instalaciones por los pueblos de alrededor!*

Poniendo en orden la columna vertebral de aquella cronología imposible, Balbino recordó que mi abuelo había nacido en 1902 y que había heredado de Gumersindo, un gordo grandote y rubión, el oficio de carpintero. Luego de casarse, forzado por haber embarazado a María del Escalón, mi abuelo se fugó a Cuba, donde estuvo once años. Volvió sin un céntimo, y en el pueblo apostaban doble contra sencillo a que venía huyendo de nuevas obligaciones maritales.

—¿Alguna vez le oíste hablar de Cuba?

—Nunca —Balbino se encogió de hombros—. Con algunas cosas era muy reservado. Un día me dijo que en La Habana se tomaba la mejor cerveza del mundo. Pero nada más.

María, de un modo inexplicable, le perdonó esa imperdonable deserción y volvió a quedar encinta. En aquellos diez años sin rastros, José Ángel Díaz Fidalgo había refinado sus conocimientos sobre la madera, se había transformado en un experto ebanista y había adquirido nociones sobre ingeniería y construcción. Se plegó, con conocimiento de causa y con ideas nuevas, a su padre y a su hermano Marcelo, y entre los tres construyeron el dique y la usina en una carpintería junto al río torrentoso.

—Todavía lo recuerdo a Marcelo trepando, con sus zapatones de pinchos, a los postes de luz. Nos quedábamos con la boca abierta viendo esos zapatos, y viendo cómo tu tío abuelo se daba tanta maña para subir tan alto.

Un día Almurfe anocheció con luz eléctrica, se organizó una gran romería con baile y sidrina, y bajaron de varios pueblos a ver de cerca el milagro de Sindo. Todos preguntaban cuánto costaba la instalación, le dedicaban a mi bisabuelo histriónicas alabanzas, algunos resentían por lo bajo y otros le juraban odio eterno. Sindo recibió esas oleadas invisibles de resentimiento que le minaron las entrañas, y una pulmonía lo mandó a la tumba. Al poco tiempo, en pleno luto, alguien les avisó a los Díaz que la fábrica de luz estaba ardiendo. Balbino, con doce años, corrió detrás de Marcelo por la carretera, y cuando superaron la curva vieron el humo.

—Enseguida me di cuenta de que había ardido durante toda la noche, y que nadie había oído nada —dijo Balbino quitándose los lentes—. Ya no quedaban más que cenizas y humareda cuando llegamos. Marcelo se paró en la cuneta y dijo: *Ay, mi padre, dónde me dejaste, dónde me dejaste.*

Esa frase, ese gemido que mi tío abuelo había proferido en 1935, todavía le cerraba la garganta. La mujer del narrador de aquella escena sintió la extraña necesidad de justificarlo: *Balbino, estás viejo* —le dijo con irónica ternura, y me explicó sin parpadear—: *Últimamente se emociona por cualquier cosa.* Se refería a una cena, la semana anterior, en Morriña, un restaurante gallego de Belgrano: estaba toda la familia, servían tapas exquisitas y de repente un gaitero entonó una viejísima melodía de La Coruña, y Balbino no pudo evitar que, como ahora, los ojos se le llenaran de astillas.

—¿Quién quemó la fábrica? —pregunté para salir del paso.

—No lo sé —dijo recomponiéndose; las lágrimas se le habían secado en un segundo, la mirada se le empequeñecía—. Había comentarios. Chismes. Pero nunca se supo bien qué pasó.

—¿Fue por envidia?

—Puede ser —titubeó. Estuvo a punto de decir algo pero se detuvo, rodeó mentalmente el tema y luego abrió los brazos—. También se rumoreaba que la culpa de todo la tenía José de Sindo.

—¿José? —me extrañó.

—Ya te digo: habladurías.

Pronunció una vez más la palabra «habladurías», y otra vez. Y como yo no le quitaba los ojos de encima, Balbino por fin dijo lo que había escuchado en Almurfe, lo que de alguna manera siempre había creído y nunca había contado:

—José era un fumador empedernido —empezó, y se colocó nuevamente los lentes—. Decían que a última hora había arrojado una colilla encendida al piso y que, por la noche, el fuego prendió fuerte en el aserrín. Qué sé yo si fue cierto.

—Si fue cierto, era un miserable completo: no sólo es culpable del abandono de su mujer y de sus cinco hijos, sino también de la mishiadura que sufrieron todos. ¡No puedo creerlo!

—Y tal vez no deberías hacerlo —antepuso—. Mira, yo siempre le he tenido aprecio. Trabajé en su taller cuando era niño, y aprendí mucho a su lado. Era generoso.

—¡Con sus amigos! —terció su esposa—. Sólo con sus amigos.

—Cuando se quedaron sin nada, José empezó a decir que no había futuro en aquel poblacho

—dijo Balbino como si no hubiera oído esa sentencia—. Y entonces partió a Madrid a buscarse la vida.

—Volvió a fugarse.

—Como quieras.

—Estuvo tres años afuera, sin preocuparse por lo que dejaba atrás —yo recitaba la oración de mi madre—. ¿Qué hizo en Madrid?

—Supongo que trabajó de carpintero —alzó los hombros—. Y después vino la guerra, y peleó contra los falangistas en el cuartel de la Montaña.

Mencionaba el episodio como si fuera una obviedad, pero Carmina no sabía o no había querido saber, no había preguntado ni le habían referido jamás aquel pequeño detalle. Carmina no tenía idea de que mi abuelo había sido una especie de héroe. Para ella, su padre era lo que su abuela Teresa le había escupido una noche de la infancia. *Eres un vividor,* le había dicho Teresa, y poco faltó para que José de Sindo le pegara un revés. Teresa, María y los demás entendieron que en Madrid utilizaba la excusa de la guerra para la disipación. Balbino tenía, entonces, una primicia mundial: afiliado al sindicalismo de la madera, el más cabrón de los Díaz había participado en ardientes asambleas gremiales, había pedido a viva voz que se le entregaran armas al pueblo para sofocar el golpe de Estado, y el 20 de julio de 1936 había entrado a sangre y fuego en el cuartel que comandaba el general Fanjul.

Aquel general había ganado batallas en Marruecos y en Cuba, pero ya era casi un político cuando entró de civil y de incógnito a ese cuartel estratégico de Madrid. Sublevada la tropa contra el Gobierno republicano, cometió un error histórico: no distribuyó a sus hombres en distintos puntos de la ciudad, sino que los sitió en el interior a la espera de varios aviones que le enviarían los rebeldes de Burgos y Valladolid.

Los leales los cañonearon y los bombardearon, y hubo combate cuerpo a cuerpo, y al final las milicias populares irrumpieron en el cuartel matando y muriendo, y pidiendo armas y cerrojos de fusiles. José de Sindo iba en la turba y, cuando los disparos se acallaron, alcanzó el reducto de los oficiales y descubrió que muchos de ellos se habían suicidado para no ser atrapados con vida. *Vieras, Balbino, había una pila de oficiales en la Sala Bandera; se habían levantado la tapa de los sesos con sus propias pistolas. Nunca vi cosa igual.*

Fanjul fue juzgado por rebelión militar y fusilado en agosto de ese mismo año. Y José de Sindo siguió luchando en distintos campos y con distinta suerte. Las hazañas no se contaban. Había que ser muy poco hombre para contarlas, creía mi abuelo. Por lo que rara vez aludía alegremente a aquellos tres años de humo, pólvora, miedo y derrota. Una tarde, porque venía al caso, le contó a Balbino que en una refriega corrió a esconderse detrás de un muro y vio que le hacía compañía medio hombre. Una granada le había volado la espalda y la nuca, y yacía espectralmente parado a su lado, con los ojos abiertos y muertos, como si le hubieran arrancado el cuerpo a mitad de un bostezo.

Tomando un café juntos en Villa Ballester, José le dijo a Balbino dos décadas después que en cierta ocasión había puesto reparos técnicos en la construcción de un puente en Guadalajara, y que su jefe lo había humillado mandándolo a cuidar ovejas veinte días y veinte noches. Tuvo un incidente con una gallina que se había agenciado, y que alguien osó arrebatarle mientras hacían orden cerrado en un campamento. *¡La madre que los parió, el que me robó la pita es un ladrón!*, gritó con la navaja a tiro. Apareció, entre los milicianos, un oficial y dijo ante todos: *Yo la robé, pero usted la robó antes. Tiene una semana de calabozo*. Mi abuelo se reía de aquellas tonterías y callaba los bombardeos y las miserias. Aquellas anécdotas triviales eran entonces fogonazos en la oscuridad más completa. La oscuridad de su extraña historia privada.

Durante la guerra, hubo cruentas escaramuzas en las calles, en los montes y en los prados de Asturias, hasta que los fascistas finalmente se impusieron, y los republicanos notorios fueron cazados y fusilados, y los «moros» tomaron como cuartel y albergue los escombros de la fábrica de luz para vigilar desde Almurfe los movimientos de la zona. Yo tenía filmados en casa esos esqueletos mohosos, asaltados por enredaderas y hundidos en el olvido y la sinrazón. Mi prima, que aparece en el video, dice que en su juventud era un lugar de encuentros, y que se tomó allí algunas cervezas inofensivas. Nunca será un monumento.

—Tu abuelo volvió como se había ido y nadie lo molestó —dijo Balbino Arias despertándome del ensueño—. No era hombre ideológico. Tenía su propia ideología. Pero estaba enterado de cuanto pasaba, y entendía la política internacional. Ya habían pasado los días en los que se denunciaba a los «rojos», y entonces José montó el negocio de la carpintería y siguió con sus cosas.

Sus cosas eran, además del ébano y la sierra, engendrar hijos, destratar a una esposa enérgica que sin embargo siempre lo perdonaba, y andar por los pueblos persiguiendo damiselas y haciendo bromas y brindis. Las mujeres caían a sus pies. Era alto y huesudo, e increíblemente guapo, y se creía un artista. Labraba la madera con genio de escultor, y fabricaba altares, imágenes religiosas y muebles de cualquier estilo y época. Con el tiempo aprendería a realizar bocetos técnicos, a dibujar e interpretar complejísimos planos de conjuntos con perspectivas y sistemas de despiece, a copiar a mano formas del siglo XVII, a desarrollar un exquisito trazado artístico y a dominar por completo todas y cada una de las vetas de la artesanía.

Pero esas virtudes, aunque valoradas, no rendían muchos frutos en aquellas hambrunas de posguerra. Mi abuelo debía sostener a una familia creciente y hambrienta, y mantener además sus romances paralelos, una tarea habitualmente ardua y costosa. Se le conocían, al menos, dos novias en La Riera, y enemigos enconados, por celos y dinero, y a veces por política, en varias aldeas de Asturias. Como se contó, unos labriegos bruscamente adscriptos a la Falange comenzaron por reclamarle una faena que José Ángel había cobrado por adelantado y que nunca había concluido. Uno de los seis hermanos era un hombre rudo y se fue de lengua en una taberna. El ebanista le mostró los dientes, rompió una botella contra un borde y lo invitó a pelear. Dos o tres parroquianos intentaron calmarlo para que el asunto no pasara a mayores, y de hecho sacaron al labriego a la rastra, mientras le gritaba a José de Sindo que pagara la deuda o pidiera la extremaunción.

El hijo de Gumersindo se rio un buen rato, pero con el paso de los días los rumores de una represalia fueron corriendo de pueblo en pueblo, de taberna en taberna y de casa en casa, hasta que todos tuvieron seguridad plena de que los seis hermanos bajarían del monte para cortarle el cuello. José utilizó esa información como coartada perfecta para volver a escapar. Convenció a sus novias de que era un asunto de vida o muerte, y de que nunca las olvidaría. Convenció a su familia de que le adelantaran parte de la escasa herencia. Convenció a María del Escalón de que partía para hacer la América y para sacar a sus cinco críos de aquella miseria. Y convenció finalmente a sus amigos de que lo ayudaran en un operativo nocturno para huir en las tinieblas de una noche sin luna. Se embarcó en Vigo y desembarcó en Buenos Aires, donde lo esperaban su hermana Consuelo y su cuñado Marcelino Calzón, que se había transformado en argentino y que lo despreciaba en secreto. Vivió con ellos unos meses en la vieja casa de Ravignani, y se quedó a cargo de ella cuando los dos tomaron vacaciones en Córdoba. Balbino recordó de pronto una anécdota puntual:

—Cierta vez me contó que, como hacía calor, se echó a dormir sobre el piso fresco del patio, y que Marcelino llegó tarde y que al pasar por sobre su cuerpo, y creyendo que no lo escuchaba, le dijo a Consuelo: «Mirá este animal cómo vive». José no abrió la boca ni los ojos, pero a mí me dijo luego, indignado: «Fíjate cómo me trata éste. ¡Yo soy más noble que todos ellos juntos!».

Pero no utilizaba la palabra «noble» como sinónimo de bondad, sino de alcurnia. José de Sindo se creía parte de alguna extraña nobleza, muy por encima de aquellos burguesitos reciclados que eran porteros de una escuela y que vivían su pequeña y aburrida existencia en Palermo Viejo.

Se mudó en cuanto pudo a un cuarto en los altos de una pensión de Chilavert, donde un primo suyo lo recuerda inclinado sobre su tablero, dibujando bajo la luz de una lámpara cenital sofisticados diseños de muebles finos que copiaba de enciclopedias traídas de Barcelona, para luego adulterar con libertad creativa y al final reinventar con imaginación prodigiosa.

Todavía era pobre y esquivo, y al final de su vida volvería a serlo, y fue en esa pensión donde precisamente se reencontró con Carmina y donde la sacó carpiendo, vociferando que María del Escalón la había enviado al otro lado del mundo para forzarlo y para sacarle plata, y que se quedara con Consuelo y que se marchara ya mismo.

A fines de los cincuenta, hecho todo un hombre, Pepe apareció con una valija de cartón y con las ganas de quedarse para siempre en la Argentina. Era el hermano mayor de Carmina, aquel primer niño que José dejó recién nacido para irse a Cuba. Pepe había conocido por primera vez a su padre en 1931, cuando tenía once años.

José ya había abierto un taller en Boulogne, en la calle Asamblea, y Pepe trató de ganarse su cariño admirándolo sin reparos: el viejo lo recibió con desconfianza, le discutió con fiereza, lo puso a trabajar de chofer en la Costera Criolla, y a los diez meses le deseó buena digestión y buena ventura y lo despidió en el puerto. Pepe regresó a España como había venido: una mano atrás y otra adelante.

—Nadie se le pareció tanto al viejo —dijo Carmen refiriéndose a Pepe con un dejo agridulce. Tomó un sorbo de malbec y pensó en voz alta—. Chelo, en cambio, siempre fue distinto.

Chelo se llamaba igual que su tío, y era la sombra de Carmen hasta que mi madre fue deportada a la tierra prometida. Al borde de los años sesenta, y a pesar de los malos antecedentes, María lo empujó a probar una vez más. Chelo subió al ómnibus con la garganta cerrada, el conductor arrancó y el acompañante se le acercó como una pantera y le dio tres cartas de despedida. Eran las cartas de sus tres novias. Por separado y sin saber una de la otra, le habían entregado al copiloto aquellos sobres perfumados para que se los hiciera llegar al galán de Almurfe. Chelín se los metió en el bolsillo y fue llorando hasta la primera parada. Bajó al baño para mear y para lavarse la cara, y resoplando abrió uno a uno los sobres: todas le habían escrito sentidas líneas, y todas le habían puesto por las suyas cuatro o cinco billetes de regalo. Chelo subió al micro y se dio cuenta repentinamente de que era un hombre de dinero, mejoró su ánimo y su semblante, y cuando llegó a Vigo se compró tres pares de zapatos de piel de antílope y anduvo de juerga. *Bueno, venga, ya basta de sufrir por hoy,* se le escuchaba decir: era su frase de cabecera. Luego en Buenos Aires también intentó vivir con José de Sindo, pero no había quien lo aguantara y, para no partirle una madera en la nuca, Chelo se hizo mozo de bar y tuvo que tirar los zapatos de antílope a la basura porque le destrozaban los pies. Casi quedó atrapado en Buenos Aires por un compromiso de matrimonio, pero en otro operativo nocturno Carmen le cosió una faja con sus ahorros bajo la camisa, y Chelo volvió en barco, sin bañarse un solo día y abrazado a ese paquete preciado para que no se lo robaran los punguistas ni se lo incautase la aduana. En Vigo tomó un taxi a Asturias, y llegó a medianoche, entró en la casa de María, se quitó la faja, la arrojó sobre la mesa y dijo: *Ahí tiene, mamá, este dinero es para usted.*

Los tres hijos de María del Escalón que habían estado cara a cara con el gran farsante le confirmaban a mi abuela lo peor. Lo odió a través del tiempo y la distancia, con mayor intensidad incluso con la que lo había amado alguna vez. Le deseó la muerte y algo más, lo culpó de todas las penas, y nunca pudo olvidarlo.

—Yo le pregunté en Villa Ballester por qué no traía a su familia —siguió Balbino, y su mujer asentía.

—¿Qué te respondió?

—Le dije: *José, tienes que traer a los chicos. Estoy en eso, estoy en eso,* me respondió. *Gano dinero,* me dijo, *pero todo me lo quita la inflación. Y no puedo traerlos a la nada, Balbino, tengo que traerlos bien, con la vida facilitada.*

—Se manejaba como un millonario —contradijo la esposa de Balbino—. Vestía de primera, pagaba mesas enteras, hacía favores a los amigos.

Y nunca tomaba un colectivo o un tren: gastaba fortunas en taxis y remises. Capaz que estaba una tarde entera en una casa o en un club, y el chofer esperándolo en el coche, comiéndole la plata.

—Trabajaba para las grandes mueblerías de Buenos Aires y les hacía muebles a hombres ricos —dijo Balbino acariciándose la frente.

—¿Te acordás de lo que contestó cuando, al final de su vida, mi madre quiso saber por qué había sido tan miserable? —le pregunté.

—Sí, me acuerdo.

—*Porque yo hice siempre lo que quise,* le contestó. Y dijo: *Bah, que me quiten lo bailado.*

No era improbable que José Ángel Díaz Fidalgo fuera un ateo militante, y que no creyera en nadie ni en nada. Que pensara que después de la muerte no existía ni la más leve cosa, y que las leyes, las religiones y las convenciones sociales del hombre eran meros trucos para esclavizarlo. Un tipo con su propia moral, que no cedía a los chantajes del amor, ni a las presiones del cielo y del infierno, y para quien no había ningún mérito en sufrir. Un egoísta congénito que sentía el clamor de vivir y que se consideraba una bomba de tiempo. Nada, salvo cumplir consigo mismo, le parecía entonces demasiado importante. Para su decadencia no preveía una jubilación. Preveía comprar un revólver para pegarse un tiro en la sien.

El árbol genealógico de los Díaz se dividía en gozantes y sufrientes. Aunque con matices, los hombres vivieron la utopía del gozo, y las mujeres practicaron el arte del sufrimiento. Los gozantes sabían que la vida era corta y que merecía la pena vivirla sin complejos: eran más alegres y despreocupados. Los sufrientes entendían que la vida era dura y que debían repecharla con esfuerzo, y que serían recompensados luego por Dios o por el destino: eran más tristes y solidarios. Los hombres trataron con ahínco de no parecerse a José, y las mujeres no pudieron dejar de parecerse a María.

Mi abuelo, sin embargo, llevó la filosofía del gozante hasta las últimas consecuencias. Más allá de la barrera del sonido, a un limbo donde no existían pecados ni recompensas trascendentales, y donde se tenía la conciencia permanente de que la vida era tan efímera que nada justificaba atarse a las cosas, ni sufrir a cuenta. Con la misma delicadeza con que fabricaba sus muebles, José de Sindo se había fabricado una monstruosa libertad personal. Cerró la puerta a su familia española, cedió la paternidad de Carmina a sus tíos desconocidos y la olvidó durante veinte años, ignoró los empeños de Chelo y Pepe, y jamás respondió a ninguna de las veintitrés cartas que Otilia, la última de los hermanos Díaz, le había enviado desde Almurfe, cuando era pequeña y su gran ilusión aún consistía en conocer algún día a su gran padre.

Fue, según afirman todos, un hombre adinerado y derrochador, tuvo amantes y fue quedándose sin clientes, sin propiedades, sin amigos, sin fuerzas y sin dinero hacia la década del setenta, cuando empezó a vender sus herramientas más preciadas y a deberle una vela a cada santo. Tuvo un infarto masivo en 1972 y realmente hubiera muerto solo y encogido en el piso de su carpintería si no fuera porque un joven vecino vino a nuestra casa tocando timbres por todo el barrio y alertó a mi madre de que el viejo estaba en las últimas.

Hasta entonces yo lo había visto en alguna borrosa reunión familiar, y había en nuestros cajones una o dos fotos amarillentas donde me tenía sobre las rodillas, pero no podía recordar un solo gesto, una sola palabra o caricia que hubiéramos cruzado nunca. Cuando Carmen lo internó en el Hospital Fernández, empezamos a frecuentarlo de manera fría y esporádica, y luego, cuando se recuperó, íbamos todos los sábados en tren a Boulogne para que mamá le lavara y planchara la ropa, mientras mi hermana y yo caminábamos como en puntas de pie por aquel caserón alquilado y siniestro donde se oían una y otra vez las voces en vinilo de Gigliola Cinquetti y el trío Los Panchos. Cantaban *Amapola, lindísima amapola, no seas tan ingrata y ámame. Amapola, amapola, cómo puedes tú vivir tan sola.*

Mi hermana, que no le tenía tanto temor, le pidió descaradamente que le regalara el tocadiscos, un combinado Philips que se perdió en el fondo de los tiempos. Y José, que apreciaba la valentía, no pudo decirle que no. Luego, sabiendo que mamá era una sufriente, la manipuló con la pena del final para que le hiciera los trámites jubilatorios y avisara en Almurfe que estaba dispuesto a regresar. María del Escalón, la madre de todos los sufrientes, le negó esa vez la otra mejilla, y hasta le escribió una amenaza de muerte. *No puede decirme eso,* dijo mi abuelo sonriendo al leer que mi abuela lo retaba a volver, y al saber también que lo esperaría con una escopeta junto al río para destrozarlo de una perdigonada.

No hizo falta tanto. El corazón le reventó de noche, mientras dormía, y fue enterrado con discreción. Como se sabe, ningún papel, ningún efecto personal, ninguna pista encontramos luego entre sus pertenencias.

—Ahora no sé más de lo que tú sabes —concluyó Balbino mientras me acompañaba por el corredor hasta la calle.

—Gracias por todo —le dije abrazándolo en el portal.

Ese día estuvo lleno de sobresaltos, y por la noche papá me contó en El Rey del Vino que tres veces había estado a punto de morir de muerte violenta, y que lo mejor era no revolver en la mierda de aquella historia oscura. A medida que avanzaba la cena y se producía cierto desbande, Carmen se iba acercando. Cuando llegó el postre, estábamos sentados juntos, conversando sobre la bondad de Balbino Arias y sobre las andanzas de

José de Sindo. Fue entonces cuando mamá habló de sus hermanos, y cuando yo le revelé que su padre había luchado por la República. Esa revelación pareció aflojarle por un momento la bronca.

—Ninguno de nosotros lo conoció de verdad. ¡Andá a saber quién fue! —dijo y apartó los dulces, y sintió un escalofrío. Luego se recompuso y me señaló con un dedo—. ¿Te acordás de aquel vecino que tanto lo quería y que vino a avisarnos que agonizaba? ¿Sabés por qué lo quería tanto?

—No tengo la menor idea.

—Su padre había sido un militante peronista. Algo así como un delegado gremial. Cuando tomó el poder la Libertadora, perdió el trabajo. Lo ralearon de todas partes, y José le dio protección y vio que no le faltara de comer. ¡Lástima que no nos tuvo a nosotros tanta compasión!

Muchos de los españoles que habían combatido al fascismo creían que Perón era su versión argentina. Pero José de Sindo no se había dejado engañar, o le había importado realmente nada. Tal vez le parecía que Perón podía ser, como creyeron muchos, un revolucionario. O simplemente vio que un miembro del proletariado estaba siendo perseguido, y tomó partido por él como un hidalgo. Lo cierto es que el ebanista resultaba todo un laberinto.

—¿Me ayudarías a buscarlo? —le pregunté mirando el fondo de sus ojos. Nadie nos estaba escuchando.

—¿Buscarlo? ¿Para qué? —se sorprendió ella sin sorprenderse—. Era un escapista. Nunca podríamos alcanzarlo.

Nos despedimos todos en la calle, con besos y chanzas, y vi cómo Marcial y Carmen caminaban juntos en silencio por la vereda: iban taciturnos, cada uno metido en su propio pensamiento.

II

Dos años antes de esas intrigas Gloria Rodrigué, la legendaria editora de Sudamericana, viajó a Uruguay con un mamotreto: la historia de la mujer que hacía llorar a su psiquiatra. Un libro íntimo dedicado a mi familia y a mis amigos, que en carpetas anilladas pasaba de mano en mano como un talismán. En mitad del vuelo, Gloria empezó a lagrimear con las desventuras domésticas de Carmina. Los papeles se le resbalaban y trataba de ocultar el zafarrancho de la congoja. Al llegar a Punta del Este estaba decidida a editarlo: me llamó para decirme que no se trataba de una novela sobre mi madre sino sobre miles y miles de inmigrantes, y que ahora se volvía imperioso convencer a la protagonista. Era la hora de la verdad: hablé con Carmen y le recordé una vez más que si finalmente lo publicábamos todas las grandezas y canalladas de la familia quedarían expuestas. *¿Estás segura de que podrás con todo eso?*, le pregunté.

Me acarició la cara como si fuera un niño; me acusó de candidez.

Como el libro trataba sobre una completa desconocida, la primera edición fue temerosa. En veinticuatro horas estaba agotada. Y a partir de ese punto de quiebre se desató un sorprendente fenómeno editorial: nuestra crónica familiar se transformó en la Cenicienta de los libros. Lo presentaron dos escritores famosos en una librería céntrica, y al término de los discursos saludaron a mi madre y a Maruja, que se había ido a España y había regresado sabiendo que no podía vivir en otro sitio que no fuera Palermo. Los escritores creían, en el fondo de su alma, que los personajes de aquel cuento no estaban a mano, o que eran meras ficciones. Se quedaron con la boca abierta cuando vieron que los hologramas cobraban vida, resultaban de carne y hueso, y que la psiquiatra apenada y llorosa aparecía inesperadamente en el evento y se abrazaba con su paciente.

Vinieron a verme cinco directores y un productor de Hollywood para comprar los derechos, pero mi madre no quiso cederlos. A pesar de que ofrecían fortunas. Uno de ellos me citó en un local de sushi y comenzó a elogiar la epopeya y a sugerirme que el guion debía acentuar algunos «aspectos demasiado sutiles» de la trama. Por ejemplo, no servía para el cine que mi tío abuelo acosara sexualmente a su sobrina, tenía que violarla. Y mi padre no debía ser indiferente o iracundo, tenía que ser alcohólico y violento. *Estás hablando de dos personas que a esta hora duermen la siesta a siete cuadras de acá,* le advertí. Me ofreció 350.000 dólares. Siempre recordaré la cara que puso cuando le dije que no.

A Carmina el cine y la fama le importaban un comino, y de hecho nada se modificó en su ego luego de convertirse en un personaje novelesco, pero le parecía que entregar nuestra vida para que otros la espectaculizaran constituía algo así como un acto inmoral. Ella siguió con su vida de siempre sin darle importancia al revuelo: fue tapa de revistas, objeto de notas y entrevistas, y referencia en ensayos sobre la historia de la emigración.

Marcial, en cambio, sintió el impacto. No quiso leer esas páginas hasta que estuvieron publicadas, y entonces lo hizo durante toda una noche. Al día siguiente lo acompañé a hacer las compras por el barrio y noté que eludía el tema. A mí me transpiraban las manos, estaba muerto de miedo. Temía una recriminación, hasta un escándalo. Pero al llegar a la esquina de Carranza junté coraje y le pregunté qué le había parecido, y entonces él me respondió sin mirarme: *No está mal, es nuestra historia. Sólo que me presentas como alguien que no ha tenido buen ojo para los negocios.* Me mordí los labios. Ante sus paisanos, esa verdad indudable operaba como una humillación. Me quería morir. Y cuando me estaba muriendo por dentro me agarró de repente el brazo y me miró a los ojos por primera vez: *No importa lo que diga nadie. Que digan mierda, si quieren. Es una novela extraordinaria, y tendrás que firmarme muchos ejemplares para mis amigos.* Un amigo de Barcia compró en España cien ejemplares y los repartió casa por casa para que los viejos vecinos de Valentina y Nicasio leyeran aquellas noticias del fin del mundo.

Eso ocurrió cuando la biografía de Carmen se editó finalmente en la madre patria. El acontecimiento me devolvió a Asturias, el lugar que tantas veces yo había eludido. Nunca sabré muy bien por qué. El reencuentro con mis tíos y primos fue un terremoto emocional, y en El Corte Inglés de Oviedo había una cola más larga que durante la última visita de Saramago.

En esta década extensa y laboriosa viajé muchas veces más a España. Pero esa primera travesía sería imborrable por varias razones. Mientras un periodista de Oviedo hablaba sobre mi novela y casi toda mi familia escuchaba en primera fila, vi entrar a Chelo empilchado y perfumado, rodeado de sus hijos. El corazón me latía fuerte, y al bajar del estrado lo abracé como si fuera un padre perdido. Estaba viejo y algo arrugado, pero seguía siendo aquel galán medio chulo y elegante, lleno de gracia verbal y de hilarante escepticismo.

Mi prima me devolvió al pueblo mítico y original, junto a la carretera, y lo primero que hicimos allí fue descender del coche y visitar el camposanto y la tumba de María del Escalón. Luego entramos en la casa junto al prado y el arroyo, y almorzamos en su cocina, con los olores y los paisajes de 1968. Me interesé como nunca por el árbol genealógico de los Díaz: ascendiendo por sus ramas, remontando un río hecho de tiempo, me encontré con parientes remotos que inexplicablemente se parecían a mí. En realidad, yo resultaba ser una mezcla de aquellos rasgos, gestos, taras, vicios, talentos y actitudes. Si cualquiera de nosotros pudiera dibujar a conciencia el árbol genealógico descubriría al final del ejercicio su propio rostro imaginario. Toda nuestra existencia está prefigurada en esa aventura total que vivieron nuestros antecesores.

Tomé el té en Belmonte con Mimí y Jesús, que habían recibido antes que nadie el relato de mamá, y charlamos largamente sobre Buenos Aires. Parecía como si efectivamente jamás se hubieran ido de la esquina de Paraguay y Arévalo. Esa noche los Díaz cenamos por allí cerca, y entonces me di cuenta de que seguían mentando a José de Sindo, aunque la mayoría de ellos ni siquiera lo había tratado. Su nombre ya era un adjetivo, un sinónimo de la palabra «egoísta». Comíamos truchas deliciosas, y mientras me reía de esa alusión obsesiva y sorprendente una espina se me clavó en la garganta. Tuvieron que llevarme a un dispensario. Pasé toda la noche en vela, con la falsa sensación de que tenía clavada adentro la pezuña del diablo. Al mediodía siguiente terminé por aceptar que sólo me dolía su punzada, el espectro de la espina y nada más.

Dos noches después había cuatrocientas personas en el auditorio del diario *La Nueva España* para oír la parábola del hijo pródigo, las desgracias de María, el malditismo de José y el periplo de Carmina. Una mendocina que estaba entre el público, tremendamente dolorida por haber tenido que emigrar, me recriminó que intentara convencer a los argentinos de que no abandonaran su patria. Le conté la teoría de mi madre: *El mundo ya cambió una vez, quizás pueda volver a hacerlo.* Se rio amargamente, segura de que eso no podía ocurrir: España no podía entrar en crisis y la Argentina no podía recuperarse. Pero eso es exactamente lo que más tarde sucedió.

Regresé al país con dos ideas en la cabeza: volver lo antes posible a España y escribir una novela sobre José de Sindo. Ese impulso me llevó hasta Balbino y su testimonio revelador. Resulta que José podía haber sido un desalmado sin perdón y, a la vez, un guerrero de la libertad y un hombre solidario. Casi todas las personas que lo habían conocido estaban muertas, pero mi primo aseguraba que un antiguo empleado de su carpintería de Boulogne, que se había jubilado y que ahora residía en las afueras de Oviedo, ofrecía algunos datos. Volé hacia ellos lleno de entusiasmo, planeando a continuación un viaje a La Habana, donde el rastro se perdía.

Estuvimos toda una mañana con el paisano, tomando unos cafés y tratando de extraerle alguna anécdota valiosa. Pero no le quedaban más que generalidades y agradecimientos: José había sido un gran patrón y un buen amigo. Ratificaba que mi abuelo, como si fuera un artista genial, no le daba importancia a la guita, la gastaba en el instante y la olvidaba, y salía enseguida a ganarla de nuevo. Una vez le pagaron muy bien por un trabajo y decidió reventar todos y cada uno de esos pesos durante un solo fin de semana en Mar del Plata. Luego mi tía Otilia completó la secuencia. Me contó algo cómico y a la vez estremecedor que le habían referido en Belmonte. Mientras los Díaz sufrían la hambruna en Asturias, José caminaba por la playa de la Feliz y se reía a carcajadas. El empleado que iba a su lado le avisó que se le habían caído unos cuantos billetes del bolsillo y mi abuelo le restó importancia. Detenerse y agacharse a recogerlos le parecía algo indigno. Nunca lo hizo, y el viento los barrió.

La escena resultaba tan bizarra y perfecta que debía ser forzosamente cierta, porque sólo la realidad es tan rotunda. Pero yo no podía creerla. Me parecía que mi familia había elegido un monstruo interno y absoluto a quien endilgarle todos los males por los siglos de los siglos. Y que debía haber una verdad detrás de esas verdades ficticias de la memoria y el rumor.

La última noche, Chelo me invitó unos vinos. Tenía que pedirme un favor: *No escribas sobre José de Sindo* —me dijo, y se me heló la sangre—. *No lo hagas. Sería inevitablemente la historia de un hijo de puta. Y yo trabajo en estos pueblos, donde la gente tiene prejuicios. Para ellos yo sería entonces el hijo del hijo de puta, ¿me entiendes? Tienes que prometerme que no lo escribirás.* Se lo prometí, y llegué a Buenos Aires hecho pedazos. Destrocé todas mis anotaciones e intenté olvidar esa novela como se olvida un gran amor.

No pasó mucho tiempo entre esa resignación y la muerte de Marcial. Mi padre solía ser hipocondríaco, pero a la vez comía fritos y consumía colesterol como si fuese inmortal. Para entonces todos los viejos camaradas que, sin mascarilla ni protección, trabajaron en los treinta y en los cuarenta abriendo túneles ferroviarios en Asturias habían muerto de silicosis. Pero Marcial había sobrevivido caminando diez kilómetros diarios alrededor del Rosedal, y conservaba todavía un cuerpo fibroso. El corazón comenzó a fallarle y mi madre tuvo que internarlo en el Otamendi. Los cardiólogos nos explicaron que debían abrirle el pecho y practicarle un triple bypass. No era una operación grave. Salvo por la eventualidad de que sus débiles pulmones no respondieran. *¿Hay alguna alternativa?*, les preguntamos. No había ninguna.

Lo prepararon para la cirugía, y en la noche anterior pasé por terapia intensiva y lo acompañé dos horas. Vimos juntos un partido por televisión: él acostado en la cama y con suero; yo a su lado, cosido de pena. Traté una y otra vez de sacarle conversación y darle ánimo, pero Marcial Fernández sabía que iba a morir y no entraba en tonterías.

La operación fue efectivamente exitosa, pero no lograron destetarlo. Los pulmones no tomaban el control y así fue deshaciéndose durante treinta y tres días de coma, atado a un respirador mecánico que no lo soltaba. Mi madre, sentada en la sala de espera, dijo un día gritando de furia: *Nunca se cuidó. Si llega a sobrevivir lo mato. ¡Te juro que lo mato!*

Ella misma fue hasta el Regimiento de Patricios y a veinte pesos por cabeza capturó dadores de sangre. Al final de esa larga agonía mi padre era un esqueleto desconocido. Murió una tarde y yo tuve que ir a reconocerlo. Y me vi dentro de pocos años en ese mismo lugar: mi hijo reconociéndome a mí y yo definitivamente dormido sobre la camilla. Ese día decidí cambiarlo todo. Ir a terapia, bajar al sótano del inconsciente, descubrir qué había detrás de los malestares, terminar con mi matrimonio, iniciar una segunda vida.

Velamos a Marcial en la cochería de un viejo amigo que había sido cliente del ABC y sepulturero de toda mi familia. Y lo enterramos en un panteón que tienen los asturianos en la Chacarita. Todos sus compañeros del club lo despidieron esa mañana gris; el sepulturero lloraba desconsoladamente. *Tu padre vivió aquí, pero su cabeza siempre estaba en Luarca,* me dijo mamá cuando caminábamos abrazados entre las tumbas. Recordé en ese instante el segundo tramo de aquella canción de alegres fracasados que cantaban los hijos de Valentina. Insólitamente lo había olvidado durante años, ni siquiera lo había dejado por escrito. *Ellos eran cuatro y nosotros ocho. Qué paliza les dimos, qué paliza les dimos... ellos a nosotros.* La segunda parte, que mi padre cantaba con una sonrisa de hiena, decía así: *Como yo era el más grande me agarré al más flojo. Si no me lo quitan, si no me lo quitan... me saca los ojos.* Abandoné a todos en sus casas y caminé mi luto agudo e inmediato durante horas. Cuadras y cuadras de dolor y alivio, y nostalgias y armisticios por aquel antihéroe que desde ese momento creció en mis sueños y también en mis vigilias.

Una sombra bienhechora que nunca me deja.

III

Murieron muchos otros personajes después de aquella muerte. A Chelo lo atacó un cáncer fulminante, a Jesús la guadaña de la vejez, a Maruja una maldición de los huesos. Y el fantasma de Marcial visitó la casa de mi hermana. Solía encender la luz del quincho, y quedarse acodado en la pared del cuarto de mi sobrina a vigilar su sueño sereno mientras el perro lo miraba hipnotizado. No creímos nunca en ánimas errantes, y yo jamás visité el nicho de la Chacarita, ese lugar frío e impersonal donde sé que nada queda de aquel hombre inolvidable. Sin embargo, Carmen lo visitaba con frecuencia y no estaba tan convencida de que los espectros no deambularan a su antojo por el mundo de los vivos. Al enterarse de que las luces se encendían solas y también de que Mary soñaba con que mi padre se acodaba en aquella pared, Carmina se vistió rápido, compró unas flores y se dirigió al cementerio. Cambió el agua del florero, colocó las clavelinas, rezó un padrenuestro y dijo ante la lápida: *Viejo, no molestes más a los chicos, quedate acá tranquilo.* Y a partir de ese momento, los fenómenos paranormales cesaron. Es que mi padre jamás resistió un reto de mi madre.

La presencia etérea de Marcial rondaba su propio departamento en los días que siguieron a su sepelio. Pero Carmen sabía que se trataba de una sugestión. Con el tiempo también esa presencia fue desvaneciéndose, y mi madre regaló toda la ropa de Marcial a los pobres. Sólo guardó la Medalla de la Hispanidad, que me había entregado la comunidad española y que mi padre atesoraba celosamente en su mesita de luz. Mamá regresó nuevamente a Almurfe, pasó unas semanas con su hermana y sus sobrinos, y una tarde dio una vuelta completa por el pueblo, se paró en el puente, miró el río y el cielo, y supo que no volvería jamás al sitio donde todo había comenzado. Fue una intuición súbita pero veraz.

Ya de vuelta en Buenos Aires, retomó su rutina sin su marido y sin asignaturas, sola y más que sola por primera vez, aunque rodeada de amigas y de un inédito estado de libertad personal. Pareció por momentos que se mudaba de la trinchera de los sufrientes al balcón de los gozantes, pero tuvo algunas recaídas anímicas. La peor de todas se desencadenó a partir de mi divorcio, que le trajo una gran aflicción. Su psiquiatra tuvo de nuevo que esforzarse mucho para sacarla de la negrura.

Cuando las aguas se habían calmado, volví a evaluar la posibilidad de escribir sobre José de Sindo. Las dos personas que habían intentado disuadirme, mi padre y mi tío, ya estaban muertas, y entonces podía sentirme liberado del juramento. Fue más o menos para esa fecha cuando conocí a una mujer llamada Argentina. Era una cubana que había nacido en la calle Buenos Aires de La Habana, y que había emigrado a nuestro país después de múltiples peripecias y serios riesgos. Su historia triste, bravía y por momentos trágica se parecía un poco al drama de mi madre. Cuando armado con mi cuaderno Rivadavia de tapa dura visité el departamento de Argentina, descubrí algo que me quitó el aliento: era hija de un ebanista asturiano.

Sus padres provenían de Cangas de Narcea y de Tineo. El padre se llamaba Manuel y había huido en 1919 de España porque andaban reclutando hombres para enviar a la guerra con Marruecos. Manuel aprendió el oficio de ebanista en Cuba y llegó a manejar un taller de veintiséis operarios. Cuando nació Argentina una chispa cayó en el aserrín y el incendio destruyó la carpintería. Debieron empezar de nuevo, hasta que once años más tarde el accidente volvió a suceder: un cortocircuito arrasó con todo y ya el viejo asturiano se conformó con alquilar un pequeño local dentro de un taller más grande y allí se dedicó a reparar sillas y mesas hasta que la revolución lo pasó a retiro forzoso.

Incluso Argentina había conseguido su primer empleo importante en el sanatorio del Centro Asturiano. Todo lo que me decía, y yo anotaba lleno de secretas ansiedades, me resultaba familiar. Ávido por una respuesta rápida, le interrumpí el relato y le pregunté si Manuel seguía vivo. Había fallecido hacía muchos años, poco antes de que Argentina, su esposo y sus dos hijos recibieran la venia para salir de la isla.

—Mi abuelo también emigró a Cuba —le dije—. Estuvo diez años trabajando en una carpintería de La Habana. Tal vez fue empleado de su padre, a lo mejor se conocieron.

—¿Cómo se llamaba? —quiso saber.

—José Ángel Díaz Fidalgo.

Hubo un silencio largo y desesperante. Miré sin querer la Virgen de la Caridad del Cobre, que descansaba ilesa sobre un aparador. Pero Argentina comenzó a negar con la cabeza:

—No lo sé, no lo recuerdo. Yo era muy chica.

—Eran paisanos, se dedicaban a lo mismo —insistí—. Tal vez hasta resulta que somos parientes.

Argentina sonrió con melancolía:

—En La Habana no queda nadie vivo que pueda corroborarlo. Pasaron tantos años. Realmente lo lamento.

Me costó retomar su épica narración, congelado por esa extraña coincidencia que me enviaba el destino. Diez meses más tarde, el azar volvió a darnos otra sorpresa. Un tumor cerebral acabó con la vida del marido de Argentina y la mandó a una psiquiatra, que fue sacándola lentamente de la depresión. Era tan desgarradora la crónica de esta mujer cubana que la psiquiatra hacía visibles esfuerzos por no aflojar. Entre miles de discípulas de Freud que escuchan día y noche las más terribles historias de los seres humanos que viven en Buenos Aires, a la cubana le fue a tocar la misma profesional que lloraba con Carmina. Cuando lo supimos no podíamos creerlo. Todavía parece una ironía de Dios.

Una noche, cuando estaba concentrado en el cierre del diario, recibí un llamado en mi celular. Era una voz femenina:

—¿Usted es el hijo de Carmen Díaz?

—Sí, ¿quién habla?

—Lo llamo desde el Hospital Fernández. Su mamá tuvo un accidente.

—¿Qué le pasó? —salté—. ¿Cómo está?

—Necesitamos que venga lo antes posible.

Llegué en quince minutos, con la boca seca. Nadie me sabía informar nada en esos pasillos llenos de paramédicos y enfermeras. La encontré en un box, acostada sobre una camilla y llena de moretones. Le tomé la mano y le pregunté qué había pasado. Apenas me reconocía, casi no recordaba el accidente. Una médica vino en nuestro auxilio:

—La trajo un colectivero. El conductor frenó, y ella se cayó, se golpeó y perdió el conocimiento.

Eso había ocurrido a las cuatro de la tarde en Palermo. Mamá iba al dentista. Cuando despertó, habían pasado cinco horas y estaba rodeada de doctores. Le tomé la mano y le dije en el oído que me esperara. Había que hacer algunos trámites para trasladarla a un sanatorio privado y someterla a toda clase de estudios. Sólo pestañeó, como si tuviera un cansancio mortal. Al volver al corredor me tropecé con un hombre atribulado. Era el colectivero, que intentaba explicarme la maniobra.

—Quisiera ver a su madre y pedirle perdón —me dijo.

—Ni lo piense —le respondí—. Ahora no está para ver a nadie. Y cuando recupere un poco de energía se va a poner peligrosa. Es capaz de partirle la cara.

La trasladamos con celeridad. Le hicieron tomografías y distintos análisis, y llegaron a la conclusión de que no tenía nada roto, aunque le dolía hasta el pelo. Tres días después la devolvimos a su departamento: una mancha negra y gigantesca le había tomado casi todo el cuerpo, y se sentía acobardada. Le llegaron treinta cartas de diversos abogados, «caranchos» que la tentaban con hacer juicios. También declinó esa posibilidad. Tardó seis meses en volver a ser la misma, y visitó a partir de entonces a neurólogos, al principio para ver si habían quedado secuelas y luego para indagar sobre su memoria. El gran temor estaba dirigido a aquella misma desgracia perturbadora que acosó a Consuelo y a María en su vejez: perder los recuerdos inmediatos, caer en la desorientación, perderse en la niebla.

En esa lucha y en la solidaridad con sus amigas, que una a una iban enfermando y muriendo, transcurrieron sus últimos años. Cumplió ochenta acompañada por ellas y siguió adelante con una energía inagotable y una intuición maravillosa. Lee varios diarios y se interesa por la política. Su país de adopción le da rabia, pero lo defiende a viva voz cuando me pongo incrédulo y receloso.

La última vez que nos vimos se vanaglorió de su soledad liberadora. De hacer por fin lo que se le antojaba. *Tal vez tenga algunos genes de José de*

Sindo —me dijo riendo—. *Aquel egoísmo de querer estar solo y andar a su aire.* Me pareció que sin dejar de odiar al padre de todos los males, de algún modo lo perdonaba.

—Si vas a escribir algo sobre este momento, te pido que pongas la verdad —me advirtió levantando el dedo.

—¿Y cuál es la verdad?

—Que ahora soy completamente feliz. Lástima que soy vieja.

Los gozantes y los sufrientes, pensé mientras caminaba por las veredas de aquel invierno final.

Por lo visto nunca es demasiado tarde.

Índice

Este libro se terminó
de imprimir en
Móstoles, Madrid,
en el mes de
febrero de 2019